Vivianne Fair

COMO SER UM AUTOR ~~FODÁSTICO~~ Fantástico

VERMELHO MARINHO

Vivianne Fair

Como ser um autor ~~fodástico~~ Fantástico

VERMELHO MARINHO
1ª edição · Rio de Janeiro

Autora
Vivianne Fair

Editor-chefe
Tomaz Adour

Revisão
Equipe Vermelho Marinho

Diagramação
Marcelo Amado

Capa
Vivianne Fair

Dados Internacionais de Catalogação na Publicação (CIP)
Fabio Osmar de Oliveira Maciel – CRB-7 6284

F163c
Fair, Viviane
Como ser um autor fantástico / Vivianne Fair. – 1. ed. – Rio de Janeiro : Vermelho Marinho, 2021.
236 p. ; 21 cm.

ISBN 978-65-86082-49-4

1. Criação literária. I. Título.

698-035-21 CDD : 808.3

Índice para catálogo sistemático:
1. Ficção : Criação literária : Literatura 808.3

VERMELHO MARINHO

EDITORA VERMELHO MARINHO
Avenida Gilka Machado, 315 – bloco 2 – casa 6
Recreio dos Bandeirantes - CEP: 22795-570
Rio de Janeiro – RJ

Sumário

Sente-se, tome um café e me conte sua história

1

"Espere! A história do livro ou a minha?"
Do seu livro? Pode ser. Mas só um momento...
Por que eu leria seu livro? Quem é você?

Muitos acham que escrever um livro é isso, jogar no mercado e vender que nem água. Um dia alguém aleatório vai comprar seu livro por algo que chamou a atenção dele, de repente do boca a boca você vai ser descoberto e pronto! Vai ser chamado para entrevistas, palestras, inúmeras filas de autógrafos vão tomar todo o seu tempo... então, puff! Você acorda.

A verdade é que quando muitos descobrem que não vai ser exatamente assim, desistem.

"Espere... está me dizendo que um dia isso pode acontecer, mesmo que não seja como eu planejei?"

Claro. Já ouviu o ditado "Deus escreve certo por linhas tortas?" Eu costumava acrescentar: "E Ele tem uma caligrafia horrível!"

Na verdade, a culpa sempre foi minha mesmo. Achava que enxergava direito, mas não. Ele sempre escreveu por linhas retas, nós é que temos uma mente torta.

O que quero dizer com isso? Bem, se você quer ser um autor de sucesso, saiba que existem inúmeros caminhos para chegar lá. Por isso fico impressionada quando escuto um autor falando mal de outro porque aquele está no topo e ele não. Alguns falam "invejinha branca". Bem, nem sempre estão sendo sinceros (a chamada invejinha branca é dizer que inveja o sucesso do outro, mas não lhe deseja mal). A verdade é que, quando alguém chega lá onde nós queríamos estar, inventamos mil desculpas para não termos conseguido o mesmo resultado. Vou esclarecer isso em outro tópico.

Antes, eu te chamei para um café, não é mesmo? Já está fervendo? Já foi coado? Então, sente-se aqui. Vou contar a minha história.

Alguns decidem ser escritores ao longo do caminho. Outros, decidem desde pequenos. Há aqueles que querem depois de ler um único livro. Bem, eu sou daquela dos desde pequenos. Mal sabia desenhar e já grampeava páginas umas nas outras e cada uma era um desenho contando uma história. Coitado do meu pai que tinha que "ler" cada página tentando entender do que se tratava. E eu ficava ofendida se não estivesse claro o suficiente. Pior, achava que a pessoa não estava se esforçando de verdade. Ora, bem, quem nunca?

Claro, cresci, pensei em várias profissões, mas não planejava fazer do livro minha profissão, somente hobby. Posso apostar que já ouviu aquela célebre frase: "Escritor não ganha dinheiro no Brasil." Pois é, convivi com essa "sentença" e acabei optando por outras carreiras. Devo dizer que até caixa de padaria e secretária no Senado já fui (tudo bem, fiquei pouquíssimo tempo — uma três meses, e a outra uma semana, mas ei, está valendo!) e, depois de uma porrada de frustrações, acabei retornando a esse mundo que sempre foi meu.

Quando eu era pequena, meus primos me viram escrevendo meus livrinhos. Um deles me disse que isso era bobagem. O fato é que a editora ia mudar tudo: o título, a capa, a história e eu ia ter que aceitar tudo. Fiquei horrorizada. Mudar minha história? Como assim? Desisti na mesma hora (não me culpe, eu tinha apenas sete anos!) e nunca mais desejei publicar. Escreveria apenas para mim e pronto. Ninguém ia ousar modificar meus livros. Claro que a vida real é parecida, mas não é bem assim. Podem mudar, certo, mas têm que ter meu consentimento. Farão isso para que o livro seja melhor aceito, claro. A capa deve ser escolhida por eles, direcionada para seu público, não você. O cão chupando manga não é tão feio assim (é verdade, uma vez vi um labrador comendo uma e achei adorável).

Um bom autor é um bom leitor

Vou dizer que escrevi meu primeiro livro aos quatro anos (ei, eu grampeava páginas, lembra?) e dezenas de outros depois desse. Não tinha intenção alguma de publicá-los; escrevia para me aliviar das tensões do dia a dia (afinal, criança também sofre!).

Devorava dezenas de livros por semana. A dona da biblioteca me chamava por meu apelido. Já acenava quando me via de longe, entrando com minha turma ou mesmo sozinha. Claro que sofria bullying, mas sempre tinha uma resposta pronta para dar — olha aí um benefício dos livros.

Eu lia tanto que sonhava com histórias à noite. Quantas vezes passeei de avião com o Flor, personagem de *Bambi*, ou corri dos bandidos das histórias em quadrinhos (tive uma paixão secreta pelo Mancha Negra dos quadrinhos do *Mickey*). Com o tempo, isso foi ficando intenso; como me mudei bastante ao longo da vida, às vezes os livros eram meus únicos amigos. Até me escondia atrás das cortinas para criar um clima "etéreo" quando lia livros de fantasia.

Meus pais souberam exatamente o que deviam fazer quanto a isso.

Sim, me levaram para o psicólogo.

Bom, eles fizeram o que podiam, coitados. Não adiantou nada, no entanto.

Agora, você lê bastante? Se lê, talvez prefira pular este capítulo; acho que já sabe bem do que vou falar.

Mas se não, se só prefere escrever, bem, sinto informar que está indo pelo caminho errado. Muito errado. Mesmo que prefira só ler romances de época e escrever ficção científica, leitura é requisito. Existem várias razões para isso:

1 VOCÊ AMPLIA SEU VOCABULÁRIO

Acho que nem preciso me estender muito essa explicação. Já pensou em como seria chato ler um livro que só ficasse: "e então ele falou...", "Aí ela respondeu", "De repente, ele falou", "No entanto, ela respondeu"... o livro ficaria muito repetitivo e chato. Aliás, esse é um grande problema com muitos que decidem ser autores, mas não têm o hábito de ler. Quando me enviam livros para eu dar uma olhada, tem frases que a pessoa colocou tanto "e" que me perco do fluxo. Ou tanto "de repente" que já nem tenho surpresas.

Não basta procurar sinônimos na internet. O que acontece com frequência é o autor dizer que ficou "travado" em alguma parte, quando o que na verdade ficou faltando foi o uso de um vocabulário maior. Não estou aqui dizendo que você tem que usar palavras rebuscadas, longe disso. Não sou muito fã de livros que se utilizam de palavras difíceis para passar a falsa impressão de que é um intelectual (a não ser que seja um livro acadêmico).

Sou professora de inglês e sempre escuto a mesma pergunta: "Como posso fazer para melhorar meu idioma?" Minha resposta é sempre a mesma: "Amplie o seu vocabulário."

Eu era a primeira da minha turma em inglês e nem sequer estudava. Não, eu não era um prodígio (se duvida, cheque minhas notas de matemática). Entretanto, jogava muito vídeo game, especialmente jogos de RPG. Como naquela época eram todos em inglês, jogava com um dicionário do lado. Não sabia uma frase? Procurava no dicionário. O que aquele personagem disse para fazer? Procurava no dicionário. Com o tempo, eu já sabia interpretar sem procurar. É assim que tem que acontecer com você; quando as palavras fluírem naturalmente, seu livro vai sair com facilidade.

2 VOCÊ VAI TIRAR INSPIRAÇÃO FÁCIL DAS COISAS

Não é à toa que alguns se sentem tão inspirados quando veem um filme ou leem um livro e querem fazer a mesma coisa. Eles realmente enchem nossa mente de imagens e dão um gás na nossa imaginação. Só que depois a inspiração acaba morrendo, não é mesmo? Por que isso acontece? Tudo o que sentiu esteve naquele livro/filme/episódio, mas a partir de um certo ponto depende da sua própria fonte de inspiração.

Se você não tem muitas referências, como ela vai se manter? Como diz "Bart Simpson", do desenho *Os Simpsons* — "Tudo bem, eu vou brincar de faz de conta. Ah, não. A televisão acabou com minha imaginação."

Não precisa ser bem por aí; afinal, muitos programas na TV nos deixam inspirados. O fato é que não devemos nos limitar; e esse é o grande problema. Quando sua fonte de inspiração só vem de um lugar, ela se esgota. Antigamente estudávamos na escola que a água era um recurso inesgotável, mas depois foi comprovado que não é bem assim. Afinal, quantos programas são repetitivos? Você pode jurar que aquele filme era original, mas dá para apontar "trocentos" outros que são tão originais quanto.

Quando eu era criança, não havia vários tipos de *Barbies*. Era *Barbie* com roupas diferentes ou no máximo uma moda praia (nem vou mencionar o Ken). Eu normalmente transformava a minha *Barbie* — um dia enrolava um pano nela e a transformava em sereia; no outro cortava papel e grudava nas suas costas para torná-la uma fada. Quem nunca cortou o cabelo de sua boneca ou a maquiou com aqueles estojinhos malucos que causavam alergia, não é mesmo? Lembro da minha que veio com perfume. Passei em mim, obviamente. Ficava com coceira, mas passava o dia me sentindo uma boneca.

Agora te levo a uma reflexão: hoje em dia, existem bonecas só sendo bonecas? Normalmente elas carregam um tema, já percebeu? Peguemos a *Barbie*: veterinária, médica, alpinista, sorveteira, ginasta, sereia, fada, patinadora, até a Barbie advogada de divórcio[1].

---

[1] Não conhece? É a Barbie mais cara que tem. Ela vem com o carro do Ken, a casa do Ken, o barco do Ken... Desculpe, não resisti à piadinha!

Lembro que meu pai me perguntou se eu queria uma boneca que engatinhava sozinha. Preferi um par de patins. Ora, se a boneca já se movia sozinha, ia precisar de mim para quê?

O fato é que temos cimentado a imaginação de nossas crianças. Como professora, uma vez eu peguei alguns bonecos e falei para minha turma que íamos brincar de faz de conta. A maioria tinha cinco anos e me perguntou o que era faz de conta. Eu disse que íamos pretender que os bonecos trabalhavam no supermercado.

Uma delas reclamou que eles não tinham uniforme. A outra, que eles não tinham uma caixa registradora nem dinheiro. Quando eu disse que íamos fazer tudo isso usando material reciclado, eles me olharam como se eu tivesse vomitado nos brinquedos.

Para resumir, ensinei as crianças a brincar. No fim da aula, nenhuma queria ir embora e me suplicaram para brincar da mesma coisa na próxima aula. Eu disse que na próxima eles seriam astronautas. Uma delas me abraçou e disse que eu era a melhor pessoa do mundo.

As crianças têm sede de imaginação e as estamos sufocando da mesma forma que fizemos conosco. Vou contar uma outra história que aconteceu com meu filho no Jardim de Infância. Fui chamada na escola (eu sempre era chamada. Meu filho era muito questionador, mas com muita inocência. O problema é que ele não se contentava com nenhuma resposta) e já revirando os olhos fui perguntar a ele o que houve. Ele disse que não fazia ideia — obviamente.

Na escola, a professora me disse que o desenho dele estava fora dos padrões. Ela me mostrou uma folha com um "X" no meio e quadrados nos cantos da folha. Eu perguntei o que era e ela me disse que meu filho supostamente deveria ter desenhado uma festa junina. Ele estava ao meu lado e prontamente respondeu: "Mas eu fiz, mamãe. Só que ela está sendo vista de cima." Mordi meu lábio para não rir. A professora não se contentou. Disse a ele: "Então cadê as bandeirinhas?" Ele a fitou com uma careta engraçada: "Está vista de cima, professora. Não aparece."

Ela fechou a cara e olhou para mim com ares de desafio. "Eu não posso aceitar isso. Não é desse jeito que ele deveria desenhar". Dessa vez, ela havia pisado em meu calo. Eu disse com uma sobrancelha levantada: "Você chegou a especificar em que ângulo queria que a festa fosse desenhada?"

Nunca esqueci a cena. A mulher ficou indignadíssima: "Você está duvidando de meus talentos como professora?" Eu simplesmente me levantei e disse calmamente: "Na verdade, a senhora está duvidando de meus talentos como artista plástica formada. O desenho dele não só está correto como ainda foi o mais criativo que já vi. Devia parabenizá-lo." Peguei meu filho pela mão e saí. Depois de algum tempo, tive que tirá-lo da escola. Ele dizia que as histórias que a professora contava em sala não eram boas e não conseguia prestar atenção.

Veja bem, eu mesma sou professora e sei dos sacrifícios que todas nós fazemos e tudo o que temos de suportar, de pais, alunos, coordenação e algumas têm que tomar remédio para lidar com a situação (na verdade, quase todas que conheço — incluindo eu — tomamos).

Infelizmente, depois desse dia, meu filho largou os desenhos. Disse que não sabia fazer direito. Foi triste, mas não consegui convencê-lo do contrário; ao que tudo indica, o desenho dele foi o único que não foi para o mural.

Teria acontecido com você algo parecido? Como lidou com a situação? Será que isso engessou sua imaginação?

Não se preocupe. Sempre é tempo de mudar. Hoje meu filho tem 22 anos e já conseguiu mudar a cabeça novamente. Mas vê quanto tempo levou. Preste atenção se você também não está engessando a cabeça dos seus. Leia para ele. Convença-o a fazer desenhos criativos. Dê-lhe um boneco e peça para que arrume uma profissão, mesmo que seja de pirata. Já percebeu que crianças que não têm tantos recursos possuem uma imaginação incrivelmente fértil?

3 VAI SER MAIS FÁCIL SE DESLIGAR DO AMBIENTE

Hoje em dia tem tanta tecnologia tomando nossa atenção que um simples *bip* nos faz virar a cabeça procurando o celular, não concorda? Aposto que só de eu mencionar isso, fez você esticar os olhos para verificar onde ele está. As tribulações do dia a dia, os barulhos, os trabalhos, tudo nos faz acreditar que não temos tempo.

Isso não é verdade e vou provar. Pegue uma folha de papel e anote exatamente o que você fez durante o dia e quantos minutos levou para isso. Vou dar um exemplo de uma manhã e um pedaço da tarde típicos meus:

05:00 Acordar, lavar o rosto, higiene, brincar com a cachorrinha.

05:22 Tomar café ouvindo orações diárias no Youtube.

05:40 Fazer meu milagre da Manhã (falarei disso mais para a frente): silêncio, visualização, afirmação, oração e yoga.

06:30 Descer com a cachorrinha.

07:00 Tomar banho, sentar-se na frente do computador, esperá-lo ligar, jogar uma partidinha de Candy Crush.
07:25 Começar efetivamente. Talvez editar um vídeo, escrever, programar postagens. Um tempo diferente para cada coisa. No caso, vou mostrar o que fiz ontem. Escrevi este livro por cerca de uma hora.
08:25 Preparar slides para a aula que ia dar online.
08:50 Mexer no meu site.
09:20 Entrar na aula e esperar as crianças.
09:30 Aula.
11:30 Finalizar a aula.
11:45 Preparar o almoço.
12:30 Almoçar.
13:00 Descansar por meia hora.
13:30 Assistir um curso.
14:00 Preparar um desenho no Photoshop.
15:00 Dar aula.

Certo. Fiz bastante coisa no dia, não é? E ele só começou. Sabe como era antes?

07:30 Acordar de má vontade porque estou com sono ainda (não tinha cachorrinha).
08:30 Terminar o café jogando *Candy Crush*.
09:00 Preparar slides.
09:30 Dar aula.
11:30 Fazer almoço.
12:30 Almoçar.
14:30 Descansar, jogar, ficar nas mídias sociais.
15:00 Dar aula.

O que você pode ver de diferente nessas duas manhãs? Em ambas, marquei também os seguintes tempos: Facebook, Instagram e joguinhos de celular.

Na manhã produtiva:

- 15 minutos no Facebook, 20 no Instagram — para postar e responder, 10 minutos no joguinho.

Manhã não produtiva:

- 45 minutos no Facebook, 50 no Instagram, 45 minutos jogando.

Pode não ser redes sociais, mas parou para ver com o que mais gastou seu tempo? Quantos minutos? Hoje já marquei meu tempo e percebi que levo muito tempo jogando. Só joguei uma partida e levei 5 minutos. Podia ter postado algo nesse tempo a respeito do meu livro. Percebe? A forma como gasta seu tempo define — e muito — seu futuro!

Isso não quer dizer que você não deva passar seu tempo com seus familiares, descansar ou coisa assim. Mas quando perceber como seu tempo é valioso, vai aprender a gastá-lo melhor. Uma das frases que escutei e nunca saiu da minha cabeça foi: "O ontem é história, o amanhã é um mistério, mas o hoje é uma dádiva. É por isso que se chama presente." *Mestre Oogway, Kung fu Panda.*

Saiba se desligar com um bom livro. Isso vai tirar a sua mente de todo o estresse do dia a dia, das exigências, e facilmente programar sua mente para "desligar" quando estiver precisando e focar no que é importante. Acredite. Para uma pessoa com TDAH, isso nunca foi tarefa fácil, mas, depois de tantos livros, me policiei. Deixo o celular no silencioso, sento em um lugar confortável e exijo de mim esse tempo para leitura.

Quando precisar escrever, sua mente já vai saber se programar sem você precisar sair desligando tudo que atrapalha.

Esse autor.
Não seja esse autor.

2

1 O SUCESSO DO OUTRO. COMO VAI ME PREJUDICAR?

Para poder escrever este capítulo, preciso contar uma história. No caso, algo que aconteceu e que pode/ou já aconteceu com você também. Antes, coloque uma frase na cabeça:

O sucesso do outro não impede meu próprio sucesso.

Colocou? Ótimo. Mantenha ela bem aí.

Sempre fui uma pessoa bem sociável. Claro, apanhei muito na vida para conseguir me soltar um pouco. Dei a cara à tapa (e meu Deus, como recebi tapas!) e consegui crescer. No entanto, não se surpreenda quando encontrar pessoas que não são como você. Pessoas imaturas têm às pencas. Não seja uma delas. Terão inveja de qualquer coisa que conseguiu conquistar e sorrirão na sua frente dizendo "Ain, parabéns, amigo(a)!"

Talvez não saiba quem são. Possivelmente fique na dúvida de quem possa ser, mas no final das contas, elas se mostram. Não gosto muito de tocar nesse assunto, mas preciso te mostrar que nem tudo são flores, não concorda?

Talvez agora você queira substituir seu café por um chazinho. De camomila, talvez.

Não vou falar de toda minha história aqui porque isso não é uma biografia. Ia ser muito chata, acho. No entanto, alguns pontos podem fazê-lo pensar se agiu ou agiram assim com você.

Alguns anos atrás, eu participei de uma bienal junto com algumas autoras. Eram todas muito amigas, cheias de energia, um grupo (que parecia ser) muito coeso. No entanto, nem tudo eram flores. O grupo de WhatsApp era sempre: "Meu livro está entre os mais vendidos", "Meu livro foi baixado x vezes", etc. Já não parecia que estavam buscando parabéns, mas sim uma constatação. Tipo "Consegui isso." Ponto. Eu já não comentava nas postagens. Parecia mais um grupo de quem conseguiu mais.

Um dia, fomos a uma feira daqui da cidade e alugamos juntas um estande. Meu marido foi lá, me ajudou, montamos tudo, fiz amizade com a menina que trabalhava na caixa do estande, viramos até amigas no Facebook. Bem, vamos resumir a história para isso aqui não parecer uma fofoca de escola.

Uma das autoras, líder do grupo, ao final da bienal, descobriu que eu havia vendido todos os meus livros. Achei que estava tudo bem, mas não tinha nem ideia da tempestade que se formava sobre minha cabeça.

No outro dia, fui chamada por um agente literária. Daí essa agente me indicou para uma editora que estava crescendo (mal sabia eu que era um tremendo embuste). Fui para a Bienal do

Rio. As autoras descobriram e encheram meu editor de elogios, implorando para ter um espaço no estande, já que elas não tinham editora. Ele cedeu. Passando o tempo da bienal, todos felizes, voltamos para casa.

Já em Brasília, fiquei sabendo, por um amigo, algo terrível. Eu estava sendo difamada. Uma das autoras do grupo que eu participava contatou meu amigo sem saber que ele me conhecia. Ela disse que um grupo havia sido formado com o intuito de me expulsar do anterior. Ao que tudo indica, a líder do grupo ficou revoltadíssima por eu ter conseguido tudo: vender todos os livros, conseguir editora, um marido lindo e apoiador. Pasmem: ela chamou as autoras para dizer que eu fui grosseira com os leitores, gritei com as pessoas no estande, maltratei a menina do caixa. Começaram a espalhar isso para os outros autores em Brasília e além. Eu estava tão chocada, que tremia. A única razão pela qual, segundo ela, não haviam me expulsado de vez, foi porque eu havia conseguido uma editora e elas queriam embarcar na onda.

Pausa. Espero que não tenha engasgado com o chá. Está tudo bem hoje, sabe. Mas naquela época, entrei em uma profunda depressão. Meu marido me deu um grande apoio. Acho que não teria mesmo conseguido aguentar a barra; graças a Deus eu tinha exatamente isso que elas disseram: um homem lindo e apoiador.

Parei de participar dos eventos. Outros autores começaram a me olhar torto, me evitar e alguns até faziam de conta que não me conheciam. Eu estava profundamente abatida. Quem me conhecia de verdade, me aconselhou processar. Mas eu já era muito apegada a Deus. Entrei em oração e Ele me deixou claro que tudo daria certo e que eu perdoasse. Segui em frente.

Na direção de outra bomba.

A editora, como eu disse, era um embuste. Graças a Deus, eu já tinha uma outra na qual eu confiava, mas essa nova havia prometido mundos e fundos. Oh, bem, vida que segue.

Só que ainda teve mais um golpe de misericórdia. Sim, mais um.

Uma outra agente literária havia entrado em contato comigo. Ela disse que havia se interessado por meus livros. Fiquei contente, claro. Afinal, depois da tempestade, vem a bonança, certo?

Errado. Ainda tinha mais uma nuvem negra para passar. Ela ficava o tempo todo em contato comigo, mas, infelizmente, uma das autoras que tentavam impedir meu sucesso, e que ela agenciava, conversou com ela. O outro telefonema dela foi bem mais grosseiro. Disse que não estava interessada em meus livros de fantasia porque "fantasia de mulher não vende".

Gente, que J.K. Rowling não escute isso! Bom, daí passou a mandar indiretas para mim no Twitter. O cúmulo da imaturidade, certo? Bem, não vou dizer que não me cocei para responder. Entretanto, somente a bloqueei.

Não mude quem você é porque pessoas querem seu fracasso ou têm inveja do seu sucesso. Uma vez escutei que você descobre seus melhores amigos durante os tempos ruins. Mas, na verdade, muitos podem querer que você desabafe por simples curiosidade. Bons amigos também são provados no tempo da bonança. Se eles o aplaudem, o divulgam, falam bem para os outros de tudo o que você conquistou, esses sim são verdadeiros.

Depois coisas maravilhosas aconteceram, como ser chamada para uma entrevista na TV, conquistar fãs dedicados, ter todos os livros vendidos — novamente — na Bienal de São Paulo e do Rio, publicar novos livros, ter contos selecionados em seletivas. Infelizmente também precisei passar por um processo de começar a tomar medicação por conta da ansiedade e depressão.

Quer prejudicar um autor porque ele faz mais sucesso que você? Repense quem é. Talvez seja melhor passar por uma profunda transformação antes de prosseguir. Conheça a si mesmo, uma frase que já está batida, mas cheia de muita sabedoria.

Por que ter inveja dos outros? O que sentimos em relação a isso? É por nos sentirmos inferiores? Não precisa ser assim. Não é, por exemplo, porque uma pessoa é rica, que ela prejudicou uma pobre. Uma pessoa rica pode gerar empregos.

Isso tudo me fortaleceu. Conheci outras autoras e autores que eram incríveis através das redes e vi que o mundo não era tão limitado assim. Afastei-me de pessoas negativas. Esses novos amigos autores apoiavam-se uns aos outros. Falavam de seus sucessos, sim, mas também pediam apoio nos seus fracassos. Repassavam notícias de prêmios literários. Comentavam nas postagens uns dos outros para o colega gerar engajamento.

Eu finalmente entendera o que era ser um escritor de verdade. E agora sim, me sentia renovada e pronta para ajudar todos que passaram por problemas e queriam dividir experiências. Autores famosos queriam me ajudar e ler meus livros. Faziam resenhas uns dos outros, abriam o coração. Esse era o mundo que eu queria estar!

Por que contei tudo isso? Para desabafar e finalmente colocar para fora tudo o que fizeram eu me sentir como uma colegial vingada? Claro que não. Mesmo porque nenhuma delas (nem eu) era tão jovem assim.

Não ia ser lindo agora dizer que eu era uma santa e que nunca, jamais, em tempo algum invejei o sucesso de um autor? Bem, estaria sendo hipócrita se dissesse isso. Claro que senti. Você também, e não deve se sentir mal por isso (bem, a não ser que o tenha difamado — caso tenha acontecido, deve se sentir mal, sim), afinal, você é humano.

Todos nós queremos ir em busca do sucesso em qualquer área de nossa vida e ver que alguém conseguiu e nós, não, nos deixa muito desanimados e buscando alguém a quem culpar. Parece que não temos capacidade; o outro conseguiu porque é melhor, a vida é injusta e você ficou para trás.

Mas entenda: "Tudo tem seu tempo", já diz a Bíblia. Tempo de plantar e tempo de colher. Tempo de divulgar e tempo de vender, ouso acrescentar. O seu caminho não é o mesmo daquele que subiu ou que conquistou o que você queria.

Você não sabe o que aquela pessoa passou para estar lá. Mesmo se soubesse, não pode julgar se está certo ou errado. E outra coisa: o fato daquele autor estar no topo e vender milhares de livros não o torna inferior e nem impede a venda do seu.

Autores, apoiem-se. Ouvi falar de escritores que pagam pessoas para difamar os livros dos outros na Amazon — Deus, eu realmente espero que seja lenda urbana! E também há outros que pagam para pessoas fazerem avaliações positivas dos seus próprios livros. Nem uma coisa nem outra. Não seja esse autor!

Só porque uma pessoa comprou um livro de alguém, não quer dizer que ela não vá comprar o seu. Acha que a pessoa vai dizer: "Oh, encontrei o livro da minha vida! Nunca mais lerei outro livro a não ser este!"? Mas se por acaso você achar que o livro do autor de sucesso é tão melhor que o seu que este não vai vender mais, não culpe o autor de sucesso. Culpe a si mesmo.

Mesmo que diga: "Mas fiz tudo exatamente como ela fez!" o seu caminho não é o mesmo que o dela. Imagina como seria nossa vida se os resultados de todos fossem sempre iguais? Não haveria surpresas, nem conquistas, tudo seria um mapa montado de como chegar lá. Não acredito em fórmulas para o sucesso. Acredito em dedicação e esforço. Saiba que se conquistar o seu sucesso sem ambos, haverá somente um vazio sem méritos.

Uma vez, escutei dois autores conversando sobre como um terceiro havia estourado em vendas. Um deles disse: "Ah, mas assim até eu; ele pagou uma agência de marketing para chegar lá." E o outro: "Pois é, aí não vale. Com ajuda, também consigo. Acredita que ele gastou cinco mil reais com isso?"

Escutei por um tempo. A princípio estava concordando com eles. Depois me fiz a pergunta: "E qual o problema?"

"Desculpe, mas se eu tivesse esse dinheiro todo, faria o mesmo" — cortei, me intrometendo na conversa. Desculpe, sou mesmo assim.

Eles sorriram meio desconcertados. Deram de ombros: "Pois é, mas então tem que ser rico para se promover, não é? Autores como nós não têm essa chance."

Mais uma vez torci o nariz. Autores como nós *o quê*? Sem dinheiro para investir? Papo furado. As mídias sociais são gratuitas. Basta saber se promover, ou melhor, "vender seu peixe".

Vou dizer como fiz meu novo livro publicado pela editora esgotar todo o estoque mesmo não estando nem no estande para vender. Três meses antes da bienal, perguntei ao meu marido se ele podia usar uma fantasia do meu personagem.

Ele riu e topou desde que fosse uma roupa tranquila (bem, questão de ponto de vista). Eu já tinha sido cosplayer e vencido diversos concursos. Por que não usar um talento meu já nato (na verdade, conquistado com muitos cortes, choro e queimaduras de cola)?

Fiz uma armadura gigante, toda modelada em EVA. Estudei tutoriais na Internet de como pintar imitando metal. Fiz um belo vestido para mim da personagem e me vesti de rainha.

Quando estivemos no estande, os livros vendiam tanto — não só os meus, mas também outros livros da editora — , que não tínhamos um segundo de folga. Saímos por algumas horas para circular e, quando voltei, os meus volumes estavam esgotados. Muitas pessoas chegavam para o editor e perguntavam: "aqui que vende o livro da rainha e do cavaleiro?"

Infelizmente, meu marido encontrou — naquela bienal gigante! — alguns amigos e foi chamado de "príncipe" no trabalho por pelo menos dois meses. Mas fez a esposa muito feliz, o que conta mais, não é?

Entretanto, teve um momento no estande em que um autor comentou algo com uma leitora e meu marido teve o desprivilegio de ouvir. "Claro que ela vendeu tudo, não é? Vestidos assim, eles vendem qualquer coisa. Já eu, não, tenho um livro publicado pela editora X por meus próprios méritos."

Fiquei triste para, segundos depois, me sentir incrivelmente furiosa. Passei meses naquela armadura e naquela roupa. Queimei dedo, dormi tarde, refiz partes, tive que passar *Veja* na área da cozinha porque sujei tudo de tinta para divertir meus leitores e ter que ouvir alguém falar que só consegui porque soube me promover?

Fiz uma oração silenciosa. Pedi a Deus perdão por ter me aborrecido e me lembrei de que sou uma autora cheia de falhas como qualquer outro. Talvez agisse do mesmo modo por inveja. Meu marido também ficou bem irritado, sendo que nem autor ele era (embora algumas crianças tenham pedido para ele autografar o livro também), contudo, comentou o que eu já achava: "Ora, mas se não divulgar, como as pessoas vão te conhecer?"

Prestou atenção? É exatamente isso. Meu livro não vendeu apenas porque eu estava fantasiada. Se fosse isso, em breve eles parariam de vender e não sairia mais nenhum. Mas o fato é que depois da bienal, continuaram vendendo muito bem, e recebi dezenas de e-mails de leitores dizendo que amaram muito.

A verdade é que se o autor não se promove é porque não acredita no potencial do seu livro. Isso é péssimo. Você é o primeiro que tem que acreditar. Pense numa entrevista de emprego. Se o seu talvez futuro chefe perguntar: "Mas você trabalha bem em equipe?" E sua resposta começar com "Eu acho que..." esquece. Se não tem certeza nem se trabalha bem, por que ele iria contratar você? Pode considerá-lo seu ex-futuro chefe.

Tem que confiar tão bem no potencial da sua escrita que não vai considerar errado fazer as pessoas comprarem seu livro. Elas precisam dele, do que colocou ali. Vai tocar o coração delas e seus leitores precisam ser tocados.

Claro, seja humilde. Se alguém criticar seu livro, não fique com raiva. Se nem Harry Potter, Cinquenta tons de Cinza e Crepúsculo agradaram a todos, por que acha que com você vai ser diferente? No entanto, se só houver críticas, talvez seja algo para melhorar. Pergunte às pessoas que leram o que não gostaram — e engula seu orgulho. Mesmo porque, para ser um autor de sucesso, por vezes vai precisar engolir (e digerir) alguns sapos.

Agora se lembra da frase que eu disse lá atrás? "O sucesso do outro não impede meu próprio sucesso"? Fez sentido agora? A pessoa te impediu de progredir ou ela é na verdade uma prova de que é possível chegar lá?

O copo está meio cheio ou meio vazio? Frase antiga que ainda funciona. Muitas vezes, o que queremos é uma explicação por não termos alcançado o que queríamos tanto e o outro, sim. Risque o "ah, mas é porque..." da sua vida.

2 FAZENDO SPAM. COMO COMEÇAR?

Nem pense nisso. Você gosta de receber spam? Tenho certeza absoluta que sua resposta foi não. Pense em maneiras de como pode divulgar sem precisar ser chato.

Por exemplo... se entrar no Facebook e sair postando sobre seu livro no perfil dos outros... ai, já eram seus leitores. Eu mesma faço questão de bloquear. Ou então fazer postagens do seu livro quase todos os dias e marcar 80 pessoas nele... Está me vendo balançar a cabeça de um lado para o outro? Porque é exatamente isso que estou fazendo.

Antes de fazer algum tipo de postagem, coloque-se no lugar do outro. Uma vez alguém pegou meu e-mail na Internet, colocou em uma lista e começou a me mandar e-mails sobre o livro dele. Não gostei da atitude, certo, mas deixei para lá por um tempo. Afinal, era um autor novo e eu queria dar uma força. O problema é que cada resenha que ele recebia, fazia questão de avisar. Eu recebia um e-mail novo a cada dia por resenhas ou até mesmo comentários que alguém fez no Twitter. Claro que tirei meu nome da lista. O que ele estava me oferecendo de conteúdo?

No Instagram, planeje como vai postar sobre seu livro. Confira em dicas valiosas sobre marketing daqui a pouco. Mas imagine só, você começa a seguir um autor e a única coisa que ele coloca são postagens e mais postagens das capas do livro dele com um "compre agora" e "disponível com desconto". Chato, né? E se esse autor(a) for você? Repense suas postagens!

Jamais compre listas prontas de e-mails e nem saia catando e-mails indefesos por aí. O que vai criar serão inimigos, não leitores. Mostre que seu peixe é bom, não precisa enfiá-lo goela abaixo das pessoas.

3 PROCURAR APOIO DOS OUTROS? PARA QUÊ?

Sim, claro, porque você se faz sozinho, certo? Bem, pode até ser. Mas já pensou no quanto difícil pode ser chegar lá por si mesmo? Pense em uma corrida de revezamento em que você está correndo só. Os outros estão bem mais descansados, claro, afinal, eles estão parando enquanto outros seguem. No entanto, todos caminham para a vitória. Já você está solitário, bem cansado e nem correndo tão bem como os outros. Quando chegar por último, vai se lamentar e dizer: "Mas, também, eles tiveram ajuda..."

Entenda: ninguém se diminui porque foi ajudado. Seu livro é bom. Vamos levá-lo às livrarias, mesmo que precise pedir por socorro. Até Jesus buscou doze apóstolos para difundir sua mensagem.

O livro *Crepúsculo* havia sido lançado dois anos antes de fazer sucesso. Um dia, uma pessoa famosa comprou, leu e fez propaganda gratuita numa entrevista na TV. O livro esgotou em poucas semanas.

Certa vez recebi uma mensagem no Messenger de um rapaz que queria ser autor. Ele me fez uma pergunta bem direta: "Olá, qual a melhor editora: X, Y ou Z para publicar meu livro?"

Só para resumir, eram editoras tradicionais big mega grandes. Pensei comigo: "Não posso desanimá-lo". Respondi:

"Olhe, essas editoras são muito grandes. Por que não tenta uma menor por enquanto? Quando for reconhecido e ficar com um nome mais sólido no mercado, provavelmente elas irão atrás de você."

Ele me respondeu: "Na verdade, estou só perguntando qual eu deveria escolher. Estou na dúvida de qual eu quero."

Cocei a cabeça. Se ele era tão popular assim, melhor procurar um agente literário, certo?

"Bem, elas já enviaram propostas para você?"

"Não. Eu só quero escolher para qual enviar a minha."

Dei um sorriso. Quem nunca teve essa esperança tão grande?

"Olhe, mande para todas que publicam a temática do seu livro, mas não rejeite as pequenas. As grandes demoram muito para responder, recebem dezenas de manuscritos todos os dias e talvez nem vejam seu livro. É bom pensar grande, mas não menospreze as outras."

"Sim, mas eu não vou ser rejeitado. Meu livro é muito melhor do que o seu."

Meus olhos reviraram tão alto que achei que iam ficar presos em cima da cabeça. Respirei fundo.

"Certo. E por que você pensa assim?"

"Porque eles não vão me rejeitar. Minha temática é perfeita. O seu é muito batido. Vampiros, fantasia, essas coisas."

Aposto que você já está rindo, certo? É, depois de um tempo, eu estava também. Pensei em uma resposta e digitei com cautela.

"Certo. E qual sua temática?"

"Ah, é uma totalmente original. Anjos."

Ainda bem que nas mensagens ele não me viu caindo na risada. Estava na onda dos anjos. Era Fallen, Beijada por um Anjo, Sussurro, a Batalha do Apocalipse, etc.

"Sabe que não é bem assim, certo? Estão lançando muitos livros de anjos no mercado, mas até que é bom você ir na onda. Entretanto, o mercado já está saturado. Seu livro é volume único?"

"Ah, não escrevi ainda."

Aposto que agora seu rosto está exatamente igual o meu ficou: como se tivesse visto seu chefe dançando com um tutu.

"Como é?"

E ele: "Ah, deixa pra lá. Nem sei porque estou te falando essas coisas. Você é uma rival."

E não me respondeu mais.

Não foi uma história sem pé nem cabeça? Pior... ela é real.

Não fiquei com raiva, na verdade. Fiquei com pena (certo, ri um pouco também). Tenho um bom conhecimento que poderia dividir. Na verdade, mesmo que ele não aceitasse, poderia indicar alguns cursos ou livros que o ajudariam melhor ainda na escrita ou apresentar alguns autores ou grupos que poderiam colocá-lo no rumo certo. Infelizmente, sua maneira de ver os outros autores o prejudicou feio.

É isso que você primeiro deve ter em mente. Um escritor não é seu rival. É um colega de trabalho. Afinal, eu trabalho com dezenas de professoras, muitas delas muito melhores do que eu no idioma. Imagina não pedir ajuda delas com algo porque as vejo como minhas concorrentes e não minhas colegas? O clima na escola iria ficar insuportável! E quantas vezes me salvaram a vida com algum jogo ou alguma palavra que eu não sabia pronunciar?

Um autor é tão bom amigo quanto um leitor — mas entenda! Procure as pessoas certas, assim como os leitores certos!

4 NÃO PRECISO LER O CONTRATO! A EDITORA AMOU MEU LIVRO!

Olha, só porque seu livro pode ser de faz-de-conta, não quer dizer que tenha que viver em um. Sim, a editora pode amar seu livro, não tenho dúvidas, contudo ela é uma profissional (aliás, se não for, fuja). Isso quer dizer: ela vai colocar cláusulas no contrato que você pode não concordar, como royalties, tempo de contrato, modo de publicação. Você pode — e deve questionar isso — ela vai entender. Outra coisa: preste atenção se ela vai te cobrar pelos livros (estou falando em questão de publicação; lógico que se você quiser adquirir livros vai ter que comprá-los à parte). Editoras tradicionais não cobram, apenas as prestadoras de serviço. Nada contra, mas se não é o que você quer, a editora tem que ser honesta com você. Algumas editoras tradicionais também são prestadoras de serviço, então fique de olho. Às vezes não compensa você gastar 15 mil para publicar um livro por elas, mesmo que te prometam divulgação. Você mesmo pode fazer isso e ainda ter muitos livros para vender também. Converse com pessoas que já passaram por essas editoras e como foi a experiência. Não é porque é grande que não tenha seus altos e baixos, e o mesmo se pode dizer das pequenas. Todos que passaram por mais de uma editora, pode apostar que têm muitas histórias para contar.

5 VOU MANDAR PARA TODAS AS EDITORAS. ALGUMA VAI ACEITAR.

Espere, espere, tire o dedo do botão "enviar". Deixa eu avisar algumas coisas importantes antes de você cometer esse grande erro!

Em primeiro lugar, e a mais importante: qual a temática do seu livro? Ficção? Fantasia? Autoajuda? Se você mandar seu livro de fantasia para uma editora que só publica receitas de culinária, não está só perdendo seu tempo; também está perdendo o dela. E mais: ainda fica queimado. Você não quer ficar queimado no mercado, quer?

Pense assim. Você conseguiu criar uma editora. Foi aos poucos, foi crescendo, conseguiu participar de bienais, lançou seu nome no mercado, chegou no topo. Todos os dias recebe cerca de dezenas, senão centenas de originais. Sabe que não pode ler tudo, nem sua equipe, então tem que selecionar alguns para ler. Vai mesmo abrir um e-mail que a pessoa simplesmente jogou o livro dela lá para que você avaliasse? Eu não iria. Está com tantos originais de pessoas que até se projetam no mercado e recebe um livro com um título qualquer e tem vezes que a pessoa só diz (ou nem isso!) o nome. Por acaso, se abre a porta da sua casa, e um desconhecido joga um aspirador de pó na sua sala e diz: "Teste!", você vai dizer com o maior prazer: "Ora, mas claro!!" Se não for um deus/deusa grega das histórias eróticas, não vai ser essa sua reação, não concorda? Provavelmente vai colocar o cara para fora e ainda soltar os cachorros (calma, não precisa tanto também).

Com editoras é a mesma coisa. Eles estão saturados. Se quer vender — exatamente isso, vender — sua ideia, perceba que tem que convencer um editor, que lançou centenas de livros, de que é uma ideia ótima. Mas cuidado com sua pretensão. Não jogue o livro no colo dele e diga: "eis o seu próximo best seller!" Você tem como provar isso? Que pesquisas fez, qual seu público, em que se baseia que vai vender?

Outra coisa: não fique aborrecido se receber um não. E nem queira se vingar, dizendo: "Pois eu vou ficar famoso, e se ela me oferecer publicação, vou dizer que não e rir na cara dela!" Vou dizer que isso é imaturo e já fui, sim, imatura a esse ponto. Eu mandei meu manuscrito para várias editoras e nenhuma delas me respondeu, apenas uma. Abri toda contente a carta (sim, eles me mandaram uma carta!) e dizia: "Agradecemos seu interesse na nossa editora, mas infelizmente não é o que queremos no momento".

Ai. Que soco no estômago. Fiquei com tanta raiva que falei que, se um dia me tornasse famosa, nunca iria publicar com eles. Alguns dias depois, ponderei: a editora foi extremamente educada em me mandar uma carta depois de avaliar meu livro. Quer dizer, eu era, na época, uma desconhecida que nunca tinha publicado e eles se dão ao trabalho de me responder? Uma editora grande assim? E todas as outras que não me deram nem um "Ei, você mandou alguma porcaria para cá?"

Tudo bem que eles podem não ter lido, também. Mas não concorda comigo que foi até agradável? As editoras podem errar. Garanto que muitas recusaram o próximo Harry Potter e aceitaram um que se tornou um tremendo abacaxi. Faz parte.

Mas o segredo é: prove a eles que seu livro é o sucesso, não a fruta que eles vão ter que descascar.

O que eu costumava fazer era entrar em uma livraria e anotar as editoras dos livros que estavam lá. Muitas são selos de editoras grandes, mas elas talvez tenham o selo que você procura. Vai lançar um livro de culinária? Vá na seção de culinária e procure por livros com o estilo do seu e anote o nome das editoras. Eu já tirava foto das capas dos livros mesmo, na maior cara de pau. Talvez um livro de desenvolvimento pessoal? Vá na seção de autoajuda, procure livros do seu estilo e faça o mesmo. Depois disso, procure pela editora na internet. Estão abertos a originais? Como ele deve ser enviado?

Se não estão aceitando, esqueça. Seu livro vai ser jogado fora assim que chegar — nem reclame, eles avisaram, certo? Se vão abrir para propostas só no ano que vem, aguarde com paciência.

Se só aceitam livros que são enviados por correio, por que raios você vai enviar um por e-mail? Acha que vão abrir uma exceção para você? Se seu nome não for Paulo Coelho ou Jô Soares, esqueça. Eles podem criar até ranço.

Leia com atenção a parte de "envio de originais". Se no site não constar, escreva um e-mail educado para a seção de editorial perguntando se estão abertos ao envio dos originais. Não vá enviando seu livro do nada; eles sequer vão abrir.

6 MEU LIVRO É PERFEITO! NÃO PRECISO MUDAR NADA NELE.

Ah, o apego. Conheço sua dor. É extremamente difícil trabalhar em algo por tanto tempo, e depois que você moldou cada parte, alguém virar e dizer: refaça isso, corte aquilo. Claro, até mesmo no seu trabalho, se você trabalhou durante horas ou semanas em um projeto até achar que ficou perfeito e escutar isso, é incrivelmente frustrante. Imagine então ter escrito e reescrito um livro durante meses (ou até anos) e aquela parte que você mais gosta o editor pede para cortar?

Não discuta; se quiser, apresente argumentos. Se ele não concordar, bem, então corte. Mas não precisa sofrer tanto com isso. Se aquele trecho for tão importante para você, por que não o transformar em um conto e lançar gratuitamente em seu blog em troca de um simples e-mail? Não se apegue tanto à sua obra. Um editor ou um revisor bom sabe o que atrai o público.

Uma editora amiga minha uma vez me mandou um livro para eu avaliar. Gostei muito, mas achei um pouco cansativo, porque as frases eram tão extensas que às vezes iam por linhas a fio. Um parágrafo da mulher pegando o carro, colocando o cinto, dirigindo na avenida, chegando na casa do cara e tendo uma DR com ele só tinha vírgulas. Cerca de seis, sete linhas sem um ponto final sequer.

Comentei com a editora, que avisou a autora. Esta ficou horrorizada. Perguntou que tipo de pessoa diria uma coisa dessas? Bem, uma leitora, ouso dizer. E, sinceramente, só disse que precisava de pontuação, contudo nem isso a autora queria mudar; dizia que era o fluxo da história. Fazer o quê, não é? Não recomendei o livro, claro. Não ia queimar meu filme.

Nessas horas, pense com a cabeça, antes de pensar só com o coração. Você quer agradar seu leitor? Está escrevendo o livro para você ou para ele? Se for para você, tudo bem. É uma opção. Se for para os leitores, agrade-os, veja o que querem, pesquise o que gostam.

Entre na Amazon e procure livros semelhantes ao seu (não pense que seu livro é único, e é bom que não seja; pessoas tendem a procurar os livros semelhantes aos que mais lhe agradaram) e veja as opiniões dos leitores a respeito deles. Veja o que mais gostaram, o que menos gostaram e anote tudo isso. Na hora de escrever seu projeto, tenha todos esses detalhes em mente.

tendem a procurar os livros semelhantes aos que mais lhe agradaram) e veja as opiniões dos leitores a respeito deles. Veja o que mais gostaram, o que menos gostaram e anote tudo isso. Na hora de escrever seu projeto, tenha todos esses detalhes em mente.

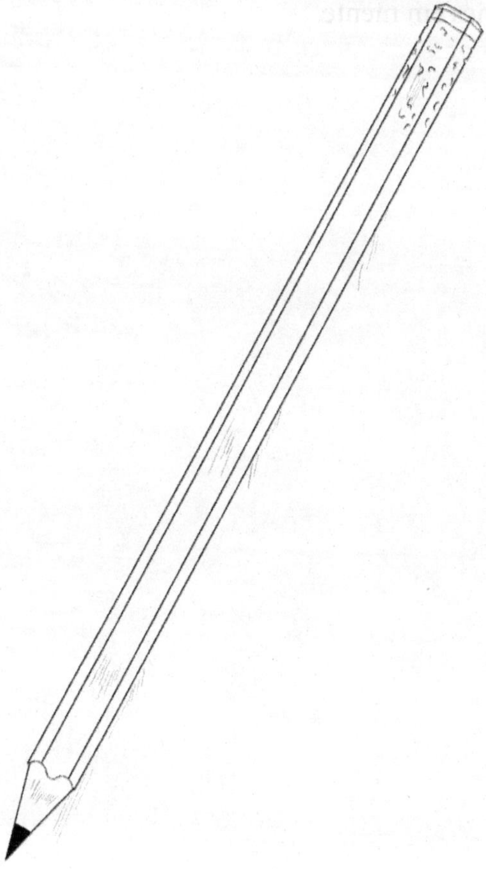

Você quer ser escritor? Por quê?

3

Agora fiquei curiosa. O que o fez se tornar um escritor? Um livro que leu? Um filme? Um sonho? Existem milhares de motivos pelos quais decidimos por algo. Às vezes, para agradar os pais (eu acho que fui na onda oposta), ou para ganhar dinheiro ou para realizar um desejo. Ou os três.

Faça as seguintes perguntas a si mesmo:

1. Por que quero ser/ me tornei escritor?
2. Existe alguma outra profissão que estou na dúvida?
3. Escrita para você é hobby?
4. O que sente quando não consegue ter tempo para escrever?
5. Como reage quando recebe uma crítica?
6. Posso ser alguma outra coisa além de escritor?

Acredite, são perguntas fundamentais. Se deseja ser escritor porque quer imitar alguém que fez sucesso, talvez não seja muito sua praia. Isso porque, se você não conseguir alcançar o mesmo resultado, vai ficar frustrado e desistir. Não só vai detestar o sucesso daquele autor como ainda vai dizer que "ele teve sorte". Ou ainda se lamentar dizendo que não tem talento ou que livros no Brasil não dão dinheiro.

Na verdade, faltaria apenas uma boa dose de foco no que você almeja. No livro "A sutil arte de ligar o F*da-se", o autor *Mark Manson* disse uma frase que ficou em minha mente, que dizia mais ou menos assim: "a culpa pode até ser de outras pessoas, mas a responsabilidade de lidar com ela é sua."

Como assim? Bem, se seus pais nunca te incentivaram a escrever e você diz que desistiu por causa da falta de apoio, a culpa pode ser parte deles, mas é principalmente sua, porque desistir foi sua escolha. Como lida com seus problemas? Como lida com suas frustrações?

Pense: Se escrever um livro e colocá-lo à venda e sua primeira resenha for uma crítica perversa, isso o faria desistir? Não desistimos fácil quando é um sonho. Você sabia que Walt Disney, no início de sua carreira, foi demitido da *Kansas City Star Newspaper* porque, de acordo com seu editor, ele não tinha imaginação e nem boas ideias? Sua primeira companhia de animação "Laugh-O-Grams" faliu. Ele poderia ter desistido e ninguém o recriminaria.

Michael Jordan era muito baixo para jogar basquete. Ele foi cortado na *Laney High School*, no primeiro teste para o time. Foi quando ele tentou acessar a equipe da universidade. A coincidência é que aconteceu no mesmo ginásio que hoje leva seu nome. Quem o mandou para o pelotão B foi o treinador Clifton Pop Herring.

Rod Thorn, ex-basquetebolista norte-americano, desempenhou o trabalho de técnico entre 1963 e 1971 na liga profissional da NBA, nos times Baltimore Bullets, Detroit Pistons,

Atlanta Hawks e Seattle SuperSonics. Ele disse o seguinte a respeito de Jordan: "Gostaríamos que Michael Jordan medisse 2,13, porque não havia nenhum pivô no mercado. Mas ele não vai mudar o rumo desta equipe e nós não vamos chamá-lo para entrar no time, porque é apenas um bom jogador ofensivo, mas não é um jogador dominante".

Você poderia pensar que Jordan desistiria, já que não tinha estatura suficiente, não é mesmo? Teria uma ótima justificativa. Só que ele não pensava assim. As palavras dele eram: "A solidez e o coração são muito mais fortes do que algumas das vantagens físicas que se possa ter. Eu sempre disse e sempre acreditei nisso."

Uma vez, depois que a equipe perdeu o último jogo da temporada, Jordan foi treinar arremessos à cesta durante horas. Já estava se preparando para o ano seguinte. Mesmo no auge de seu sucesso e fama, Jordan continuou se aperfeiçoando a cada dia.

Algumas frases dele para te inspirar:

"Algumas pessoas gostariam que algo acontecesse. Algumas desejam que aconteça. E outras fazem acontecer."

"Eu posso aceitar o fracasso. Todo mundo falha em alguma coisa. Mas eu não posso aceitar não tentar."

“Nunca diga nunca, pois os limites são como os medos: sempre são apenas ilusão.”

“Para aprender a ter sucesso, é preciso primeiro aprender a fracassar.”

“Obstáculos não podem te parar. Se você topar com uma parede, não vire e desista. Descubra como escalá-la, passe por ela, trabalhe nisso.”

“Sempre acreditei que os resultados vêm com o trabalho. Não faço as coisas pela metade, pois daí só poderei esperar resultados pela metade.”

“Eu errei mais de 9.000 arremessos na minha carreira. Perdi quase 300 jogos. Em 26 oportunidades, confiaram em mim para fazer o arremesso da vitória e eu errei. Eu falhei muitas e muitas vezes na minha vida. E é por isso que tenho sucesso.”

VIVI AUTORA EM: DRAMA

VIVIAUTORA ® ARTE E PERSONAGEM DE VIVIANNE FAIR

Coloquei essa tirinha para o inspirar. Afinal, é muito fácil se apegar ao que dá errado, mas nem sempre olhamos o que temos de certo na vida, não é? Não se prenda em detalhes ruins, apenas nos bons. Por vezes, vão aparecer obstáculos no seu caminho que vão te abalar. Mas pense: o quão realmente grande ele seria para não te fazer seguir em frente?

Mas e se eu não tiver talento?

Há estudos diversos de psicólogos nos últimos 20 anos que comprovam que talentos específicos e dons naturais com alvos específicos não existem e que a falta de talento natural é irrelevante para o grande sucesso[2]. Então, qual é o segredo para se chegar lá? Prática, independente do que quiser fazer. A ideia de que a excelência requer um nível mínimo de prática está sempre ressurgindo em estudos. Os pesquisadores chegaram ao que acreditam ser um número mágico para a verdadeira excelência: 10 mil horas.

O neurologista Daniel Levitin diz o seguinte: "Essas pesquisas indicam que são necessárias 10 mil horas de prática para se atingir o grau de destreza pertinente a um expert de nível internacional, em qualquer atividade". Mas o que são 10 mil horas? Elas equivalem a cerca de três horas por dia, ou 20 horas por semana de treinamento durante 10 anos.

Já chegou nessa meta? Se chegou, com certeza já está se tornando um autor no caminho do sucesso. No entanto, não basta escrever e escrever apenas. Uma vez ouvi falar de

[2] [1] Fonte: Revista TÊNIS 81 · Julho/2010 · Nadal — Grand Slam da terra

uma redação que foi feita em um vestibular cujo tema era "O Relógio". O aluno, durante 40 linhas, escreveu "Tic Tac". Original, criativo, mas um bom escritor?

Sei de algo interessante nesses meus anos como professora: todo mundo sabe que é um porre fazer dever de casa. Eu sei, você sabe, seus filhos sabem (ou vão saber). Mas ele é necessário.

Tive uma turma de seis alunos. Três deles durante um semestre, faziam todos os deveres religiosamente. Não faltava nenhum. Dos outros três, um fazia de vez em quando, e os outros dois não faziam de forma alguma, não importava o quanto eu ameaçasse ligar para os pais (crianças de hoje em dia, hein?). Não preciso dizer que as notas das provas dos primeiros eram sempre as maiores. Dos que faziam de vez em quando eram medianas e os que não faziam eram baixíssimas.

No segundo semestre, um fenômeno aconteceu. Os que faziam sempre dever de casa pararam. O que fazia de vez em quando continuou no mesmo ritmo. Mas aqueles dois que nunca traziam começaram a levar os deveres feitos com muito afinco.

Na verdade, não acho que seja bem algo extraordinário. Provavelmente aqueles que levaram os boletins para casa mudaram de atitude. Os que tiraram notas altíssimas já se consideravam bons o suficiente para não precisarem mais se esforçar. O que fazia de vez em quando não sentia pretensão de mudar. Já os que não faziam e cujos pais viram as notas, provavelmente foram forçados a se dedicarem mais.

O jogo virou. As notas dos anteriores caíram em ritmo acelerado. As dos medianos, não preciso dizer muita coisa, certo? Já as dos que passaram a se esforçar, decolaram. Falo agora todo ano para meus novos alunos essa história.

Com dedicação você consegue superar qualquer coisa. Quem não conhece a história de Steve Jobs, que foi demitido da própria empresa que ajudou a criar e logo depois criou a *Pixar*?

Então você deve estar pensando: "Ora, então vou largar meu emprego e me tornar escritor!"

Calma aí, *Padawan*. Primeiro, pés no chão. Existem, sim, pessoas que largaram o emprego e vivem de escrita. Mas antes, pense com quanto dinheiro você precisa para viver?

Eu sou mãe. Continuei escrevendo e trabalhando e consegui decolar. Num ritmo menor, claro. Neil Gaiman se dedicou apenas à escrita. Nunca aceitou nenhum outro emprego porque queria ser autor e isso o desviaria das metas. Jim Carrey só se dedicava ao trabalho de ator, mesmo depois de fracassar muito.

Você deve estar pensando: Não entendi, você quer me animar ou desanimar?

Na verdade, quero dizer para que mantenha os pés no chão, mesmo que queira se jogar de cabeça. Admiro aqueles que se jogam e conquistam o sucesso, mas ele nunca vem de cara. Na verdade, essas pessoas quebram muito a cara antes de conseguir. Também conheço pessoas que largaram tudo para montar seu próprio negócio e hoje estão lutando por um emprego.

Aprenda a organizar seu tempo. Você pode, sim, trabalhar e se dedicar aos seus livros. Se para você é realmente impossível, diminua as horas do seu trabalho. Quando for um autor de sucesso, e já estiver satisfeito, aí sim, pode largar e se dedicar.

Sou artista plástica, ilustradora, escritora e professora. Apenas aprendo a priorizar meu tempo, e consegui publicar (até agora) cerca de 16 livros e 4 contos em antologias diferentes. Mantenho um blog e um canal.

Uma coisa muito engraçada me aconteceu quando estava na escola. A irmã de uma aluna estava sentada lendo e eu comentei com ela que era maravilhoso ver uma adolescente lendo. Ela se animou e começou a falar de vários livros dos quais gostava. Em um certo momento disse:

"Mas meu livro favorito da vida é um chamado 'Quem precisa de Heróis?' Já leu? Sabe que você até parece com a autora?"

Nessa hora eu ri e fiz a pose que estava na quarta capa do livro. Ela abriu a boca surpresa e disse: "Meu Deus! É você? E o que está fazendo aqui na escola? Não deveria estar em casa escrevendo?"

Eu ri e disse: "Sim, assim que as aulas terminarem, vou escrever. Não preciso desistir de uma coisa para fazer outra, certo?"

O fato é que infelizmente muitas pessoas baixam livros. Eles não entendem o mal que fazem com o autor. Todo mundo quer ser pago por seu trabalho, e um autor não é diferente. Já pensou seu chefe pegar seu trabalho e não pagar seu salário ou seu professor corrigir o seu e não te dar a nota no boletim? É bem frustrante o autor se dedicar por dias, meses, anos, gastar com divulgação, ISBN, revisão, capa e seu leitor simplesmente baixar e ele não ganhar um centavo algum por seu esforço.

Coloquei um dos meus livros na Amazon depois que retirei do Wattpad. Recebi dezenas de reclamações de leitores dizendo que isso era um absurdo e um senhor me acusou de ser mercenária. Sabe quanto estava o livro na Amazon? Apenas dez reais. Felizmente, uma leitora me mandou mensagem: "Seu livro é incrível e você merece que paguem por ele. Já comprei o meu e deixei avaliação".

Infelizmente, precisamos mudar essa mentalidade de "se você quer, é só pegar". Se você baixou esse livro, que tal mostrar para mim que gostou? Lembre-se que também gosta de ser valorizado pelo esforço e ninguém vive de vento (ou fotossíntese, eu realmente não acredito nisso).

5

Você já é o bonzão?

Não posso te ver daqui, mas espero que sua resposta tenha sido um sonoro "NÃO" seguido de uma risada e uma frase estilo: "Nossa, até parece!"

Se pensar que já é, um grande mal pode acontecer: você não vai mais crescer. Vai ficar estagnado. Mas, também, se pensar que não consegue melhorar por se achar ruim, vai ficar paralisado. Encontre seu meio termo.

Sou professora de desenho (sim, parece que segui meus desejos da juventude em querer ser tudo na vida) e tive dois alunos bem diferentes. Um desenhava muito bem; a outra mal sabia fazer casinha. Ela repetia diversas vezes que todos eram melhores do que ela. O outro dava risada e dizia que não tinha muita coisa para aprender.

Eu sentei com ela e disse que a desenhista Rumiko Takahashi, que desenhou o mangá Inu-yasha, era uma das mulheres mais ricas do Japão e mostrei alguns desenhos dela. Eram bem medianos se você comparasse com outros mangás da sua época, mas Rumiko tinha uma história fantástica. Com isso, a japonesa se superou. E também mostrei alguns desenhos de mangás volume 1 e volume 30 de outros autores, como no caso do desenhista Kosuke Fujishima que desenhou "Oh! My Goddess!". Eram completamente diferentes se você pegasse o primeiro volume e o último. Disse que a prática os levou à perfeição e que não precisa ser melhor que todo mundo para se destacar. Com o outro aluno, tentei conversar, mas ele dava risada e dizia que se esses eram assim, ele ia ser o melhor do mundo.

A maior dificuldade que tenho é tentar ensinar aqueles que já acham que sabem tudo. "Só sei que nada sei", já dizia Sócrates. No final do ano, a menina desenhava melhor do que o primeiro. Ele olhou para o desenho dela com descaso e disse que ela devia ter copiado. Ela só sorriu e disse: "Eu treinei muito, tá?"

Esse episódio faz anos e hoje ela desenha ainda melhor do que eu. Devo dizer que isso me deixa extremamente feliz.

Eu tinha muito medo de cursos de escrita. As pessoas diziam que sua criatividade ficava engessada, que a melhor maneira era deixar fluir.

Sem dúvida, meus livros fluíam bem na época; eu já tinha escrito cerca de cinco livros e todos venderam bem. Quando li o livro *A Jornada do Escritor*, de Cristopher Vogler, percebi que estava enganada. Existia sim, muito espaço para evoluir. O fato é, que como li muito desde criança (eram vários livros por mês), aplicava a jornada do herói sem perceber. Peguei meus livros antigos e notei que, em muitos, aplicava várias modalidades dela. Fiquei feliz por isso, mas um pouco triste também. Significava que meus livros poderiam ter sido muito melhores se eu tivesse aprendido essa técnica e várias outras antes.

Bem, nunca é tarde. Mesmo com 38 anos, passei a ler vários livros como o *Sobre a Escrita*, de Stephen King, *O Guia Completo de Storytelling*, de Fernando Palácios e Martha Terenzo e me inscrevi em cursos de autores. No Hardcover, foi um prazer trabalhar com André Vianco e Margareth Brusarosco e os tive como meus mentores. Após isso, os livros fluíam melhor, eu já não passava muito tempo em cada página e já tinha sempre algo para escrever depois que terminava um capítulo. Minhas histórias não estavam engessadas, como pensei que poderia acontecer, mas agora eu tinha várias saídas quando um bloqueio surgia. Imediatamente os capítulos vinham. Agora, mesmo enquanto estou escrevendo, meus pulsos estão me avisando que em breve vou ter uma tendinite, mas não consigo parar.

Lá também notei que a comunidade de escritores era bem extensa e estavam praticando a escrita arduamente. Isso também me incentivava a ir cada vez mais longe e aprendia novas técnicas com eles e sobre novas tecnologias para escritores. Foi uma experiência fascinante.

Após um tempo, achei que já estava bem na escrita, mas não conseguia crescer no marketing. Os livros vendiam de vez em quando, mas não era bem isso que eu queria. Percebi que enquanto fazia curso, dava aula, lia e escrevia, não tinha tempo para ler livros de desenvolvimento pessoal e nem para trabalhar nessa parte. Então um dia meu marido me mostrou uma resenha de um livro chamado "O Milagre da Manhã". Alguns tem horror a esse livro porque ele nos incentiva a acordar às 5h da manhã. Eu sei, eu entendo!

Comprei o livro. Amei muito. Não tem como explicar o efeito que ele me causou. Incentivei meu marido a ler, só que ele não tem muito o hábito. Em um sábado, enquanto arrumávamos a casa, ele comprou o audiolivro e começou a ouvir.

Arrumou a casa toda e terminou o livro. Fiquei encantada. Então dava para limpar, cozinhar e ainda ficar mais esperto? Meus problemas terminaram!

Imediatamente também comecei a ouvir audiolivros e agora é um ritual nosso. Todo sábado pela manhã cada um escuta um livro enquanto fazemos nossas tarefas. Depois conversamos sobre eles e dizemos se foi bom ou não ou o que aprendemos.

Isso imediatamente operou uma grande mudança em mim. Antes eu acordava às 7h30 com sono, lembra? Agora acordava às 5h, tomava café, fazia yoga, mentalização, oração, silêncio e mal começava o dia! Eu estava tão menos ansiosa que minha neurologista cortou minha medicação pela metade. Minhas enxaquecas foram diminuindo. Meus alunos já não me estressavam (tanto. Eu amo crianças, mas aulas online parecem sessão espírita. "Gabriel, você está aí? Se estiver, me dá um sinal! Juliana? Alôô?").

Então, me senti revigorada para fazer novos cursos. Nisso, encontrei o curso *Escritores Admiráveis*, da Lilian Cardoso — consultora literária e diretora da LC. Confesso que estava muito descrente. Eu já entendia bem de marketing digital, sabia identificar copy, etc. Achava que era um curso que não ia me acrescentar nada, mas tudo bem, eu poderia pedir meu dinheiro de volta em uma semana se não gostasse. Bem, admito que parece que estou fazendo propaganda mesmo, mas não vou ganhar um centavo por isso.

O fato é que nesse curso aprendi a identificar melhor meu nicho, meu marketing, copywriting, book proposal e diversas outras coisas. Eu assistia uma aula e já anotava várias coisas em um caderninho do meu lado. Percebi que estava desperdiçando meu talento com tantos cursos que já havia feito e não estava implementando. Tem vezes que quando vou postar alguma coisa em meu blog ou Instagram, paro e penso em como fazer as pessoas engajarem. Agora sem impulsividade. O curso me ensinou a ter foco, e não me canso de recomendá-lo para quem quer crescer nas redes.

O fato é que sempre se tem algo novo para aprender. Quando eu terminar esse curso, talvez me engaje em algum voltado para marcas no Instagram? Não sei. O problema é você achar que escrever é tudo o que um autor precisa. Na verdade, é, mas só se não planeja vender.

Sinceramente acredito que já tivemos outros Shakespeares por aí. Só que eles não souberam se divulgar. Se ele não tivesse escrito peças que foram vistas por centenas de pessoas do seu tempo, talvez nem o conhecessem. Estou exagerando? Talvez. Mas o fato é que quem não é visto não é lembrado.

Como quer que descubram seu livro se ele estiver no fundo da gaveta? Ou dentro de uma pasta enfiada em outra pasta dentro do seu computador?

"Ah, mas tenho vergonha de expor". Bem, já pensou em ser professor, então? Ou talvez advogado?

Desculpe, desculpe. O fato é que para tudo você precisa se empenhar, certo? Então se já se esforçou tanto para fazer seu livro, vamos mostrar ao mundo! Já pensou parir um filho (usando uma fala meio grosseira), mas deixá-lo trancado dentro do quarto para que ninguém o veja? Bem, além do que, tenho certeza de que deve ser crime.

O Corcunda de Notre Dame era feio, certo, contudo era uma pessoa maravilhosa e que foi melhorando com o tempo. Seu livro pode ser a mesma coisa. Claro, pode ser que seja um total desastre. Mas não acredito em fracassos, e sim em feedback. O primeiro livro foi ruim? Por quê? Qual foi o problema? Diagramação? Falta de coesão? Pontuação? Sem lógica? O que podemos fazer para o próximo ser melhor?

Mas como fazer as pessoas comprarem o próximo se o primeiro foi tão ruim? M-a-r-k-e-t-i-n-g. Quem nunca comprou um livro pela capa ou porque foi super divulgado pela mídia e na verdade era um fiasco?

Aposto que já passou alguns pela sua cabeça nesse momento. Pois é. Como comprar aquela blusa da loja que a atendente garantiu que ficou "lindérrima" em você e nunca usar. Novamente a pergunta: Quem nunca?

Bom, para começar, invista em si mesmo antes de investir em seu livro. Por quê? Pode um filho nascer saudável e crescer forte se a mãe fuma, enche a cara e não está nem aí para sua educação?

Seu livro é como um filho. Você faz o planejamento (bem, nem sempre), prepara o quartinho, arruma as coisas, manda convites, liga para o médico e alguns ainda aprendem a fazer respiração para a hora do parto. Outros ainda leem revistas, sites na Internet...

Da mesma forma, o livro requer todo esse cuidado de preparação. Como cuidar, como roteirizar, como chamar a atenção do leitor... por isso que ficamos muito chateados quando criticam nosso "filho" (que pai gosta de ser chamado na escola?). Só que devemos aprender que sua história precisa se tornar independente e conquistar o mundo; de outra forma, ele sempre vai estar com você e nenhum dos dois vai crescer.

Não vá salvar o mundo, mas passar no mercado antes!

6

Essa frase no fundo quer dizer: foco! Tudo bem você gostar de fazer várias coisas — sou prova viva — , mas quando estiver com um projeto, fique nele!

Vou dar um exemplo no meu caso: amo cursos. De todo tipo: artesanato, mídia digital, desenho, jogos, tudo o que puder imaginar. Meu maior problema é querer fazer tudo. Acabo pensando em 3 a 4 livros para escrever. Cada dia eu pretendo fazer algo, mas as coisas vão se atropelando e acabo me ligando em fazer só o que gosto ou estou com vontade. Com certeza é muito mais divertido aprender coisas novas do que sentar e escrever um roteiro esperando a inspiração.

O maior problema de tudo isso é que você acaba ficando com uma ansiedade descontrolada. E como lidar com isso (quer dizer, além dos remédios)?

Não há problemas em fazer cursos, mas como nós fazemos com crianças: "só vai jogar videogame quando acabar a lição de casa", devemos aplicar isso em nossa vida da mesma forma. Então, se quer fazer aquele curso específico, pare e reflita:

1. Este curso vai ajudar na minha meta?

2. É uma prioridade? Preciso fazer necessariamente agora ou só no futuro? Vai demandar muito tempo para aprender e para continuar aplicando?
3. O que acontece se eu não fizer?
4. Dá para conciliar este curso com o que devo fazer para atingir meus objetivos?

Leia suas respostas e reflita.

Agora determine suas próprias recompensas:

- Se escrever tantas páginas (não coloque uma meta sufocante ou você desanima; pode ser escrever por uma hora, por exemplo), você tem direito a uma aula de cursos/atividades;
- Se fizer suas obrigações (limpar, cozinhar, trabalhar), tem direito a meia hora de curso — com direito a meia hora de escrita.
- Se não estiver se sentindo inspirado ou não conseguir mesmo escrever, faça o oposto: se assistir cursos por duas horas, escreverá por duas horas (parece até um mandamento, não é mesmo? E assim como um mandamento, não burle; cumpra. Mentir para si mesmo é a pior coisa que você pode fazer).

Voltando às suas respostas:

1. Vai ajudar nos seus objetivos? Pode começar a programar suas recompensas. Se não vai, deixe para o fim de semana, (SE e SOMENTE SE) você escreveu durante a semana e cumpriu suas metas.
2. É uma prioridade? Se sim, comece. Se não, mesma coisa do número 1 acima.

3. Se eu não fizer, vai atrapalhar no futuro. Faça. Se eu fizer, não vai fazer nenhuma diferença, mas vou me sentir feliz — vide número 1.
4. Sim, dá. Faça depois de ter escrito algumas páginas. Não dá? Deixe para o fim de semana.

Se a ansiedade atacar, respire fundo e diga: "meus sonhos são minha prioridade."

Vou explicar o que acontece com uma pessoa que tem TDAH e uma ansiedade que só é controlada com remédios (prazer). Às vezes estou olhando algo na Internet e vejo, por exemplo, uma boneca linda de biscuit. Na mesma hora começo a olhar várias, subitamente passo a olhar preço de material e pronto. Já estou pesquisando vídeos na Internet e cursos.

Antigamente, antes de me focar em cursos de desenvolvimento pessoal, já iria comprar todo o material sem pensar duas vezes. Aí meu armário estaria lotado de coisas, e provavelmente só iria usar umas duas, três, quatro vezes... até enjoar (para desgosto do meu marido). Daí partiria para outra.

Agora aprendi a segurar por um mês minhas vontades (às vezes mais tempo). Se essa vontade permanecer, reflito sobre ela.

Vejamos no caso do boneco de biscuit. Minha desculpa seria: "ah, poderia fazer meus personagens de bonecos de biscuit e faria marketing com eles, até mesmo vender." Certo. É uma prioridade? Na verdade, não. Posso fazer marketing de maneira mais rápida e produtiva com outras coisas. Passando para outra etapa: vai demandar muito tempo para fazer? Sim. Afinal, modelar coisas não é tão simples como parece. Vou acabar enjoando? Sim, obviamente. Compensa fazer? Não. Nem mesmo no fim de semana.

Nessas horas, é muito complicado desapegar. Como diria meu filho quando me fazia pagar um curso para ele: "Você não entende que é meu sonho?"

Sim. Começou ontem. Sei bem como é.

Mas vamos dizer agora que me interessei por um curso de marketing digital, por exemplo. Vai ajudar em meus objetivos? Sim. Longo prazo ou curto prazo? Ambos. É necessário marketing para realizar meus sonhos? É prioridade? Sim e sim. Entretanto, o curso tem mais de 100 aulas. Vai levar tempo? Vai. Posso conciliar junto com a escrita? Posso.

Nesse caso, o curso vira uma prioridade. Como conciliar? Escreva primeiro. Se conseguir escrever por duas horas, tenho direito a uma hora de curso ou mais, se eu não tiver trabalho durante a semana. Se tenho, melhor esperar um dia que eu tenha mais folga ou um horário em que eu não esteja rendendo muito. Entende onde quero chegar?

Se, apesar de tudo, ainda quer fazer aquele determinado curso/ atividade, talvez seja melhor rever seus sonhos. Se aquilo que você busca não está à sua frente, talvez seu objetivo seja outro.

7

Agora sim. Fale-me do seu livro.

Já que a escrita é sua meta, parece que chegamos lá. Minha vez de tomar um café e esperar você me explicar sobre o que é seu livro.

Sinopse é o que assusta as pessoas. Consegue me explicar sobre seu livro em poucas linhas? Não dá? Seu livro é muito complexo? Bom, então suas ideias talvez não estejam muito coesas.

Vou dar um exemplo. Sou uma pessoa sociável. Gosto demais de conversar e parece que nunca paro de falar (tenho ciência disso, por isso que escrevo. Aqui posso falar sem parar, que não sou interrompida. Você até pode fechar o livro, mas dentro dele continuarei falando e falando).

Às vezes estou em uma fila no aeroporto, em um ônibus ou metrô e escuto muitas vezes: mas o que você faz da vida? Sou escritora, respondo. E então vem a célebre frase: "Ah, me fale do seu livro!".

Quando eu era mais nova, fazia questão de explicar com todos os detalhes, mesmo que a pessoa começasse a fazer caretas (oras, foi ela quem perguntou!) e passava uma boa meia hora até sermos chamados para o avião ou descermos no ponto. Posso garantir que a pessoa já desistiu de saber nos primeiros 10 minutos. Agora que já tenho 20 anos de profissão, sou incrivelmente sucinta. Consigo falar de quaisquer livros que ela quiser saber em menos de 1 minuto. Minha história é muito simples? Não necessariamente. Mas desperto a curiosidade. Afinal, se você é professor, por exemplo, e alguém o pede para descrever como é dar aula para crianças de cinco anos. Você vai explicar por uma hora? Provavelmente não; deve dizer que é fácil/difícil, contar um caso aqui e ali e pronto. A pessoa já tem o que imaginar.

Eu aprendi a aplicar a seguinte técnica: Faça de conta que você está em um elevador com um potencial comprador de seu livro ou mesmo um editor. Você tem apenas o tempo de subir seis andares para explicar a ele sobre o que é seu livro.

FAÇA SEU LEITOR PERGUNTAR

Vamos a um exemplo prático:

Meu livro mais famoso é "A Caçadora". Na época em que o escrevi, se alguém pedia para falar sobre ele, eu dizia:

"Ah, é sobre uma mulher chamada Jéssica que descobriu que os pais são caçadores de vampiros. Aí ela é enviada para uma universidade para matar um, só que ela não acredita muito neles, sabe? Então descobre que o vampiro que tem que caçar se chama Eric, mas ele nunca apareceu. Como eles pagam muito bem, ela decide procurar outro para matar. Aí faz amizade com algumas meninas otakus (pausa para explicar o que é uma otaku/otome e às vezes fugindo um pouquinho do assunto) que a ajudam a caçar um cara pálido, lindo e que só sai à noite. Só que ele descobre que ela quer matá-lo, e resolve se divertir com a situação (pausa para explicar várias cenas do livro), e eles se metem em várias encrencas (propaganda de

Sessão da Tarde). Aí você pode comprar comigo, por ebook ou no site da editora!"

Se você já deu uma bocejada, entendeu o que eu quero dizer. Agora olha como é minha explicação hoje em dia:

"Bom, um livro que eu tenho é a Caçadora. É a história de uma caçadora de vampiros que não acredita que eles existem. Sabia que ele já ganhou até prêmios?"

Se prepare para a seguinte chuva de perguntas: "Nossa, que engraçado! Como assim? Ela não acredita em vampiros?" "É uma comédia? Com vampiros?" "Como você vende?" "Que prêmio que ele ganhou?" "É pra que idade?"

Você deixa seu leitor curioso e ávido por mais. A primeira explicação não pareceu que eu estava carente e encantada pelo meu próprio brilhantismo? Quando eu conto essa segunda sinopse, quantas vezes já não seguraram a porta do elevador!

Pense naquela famosa frase: "Tudo bem?" O que espera ouvir? "Tudo. E você?" Mas algumas vezes pode ter a chateação de escutar: "Ai, amigo. Tô péssimo. Senta aqui que vou te contar minha história." Claro que você quer ajudar, mas não era isso que estava planejando no momento, certo? Às vezes, pode estar até atrasado para um compromisso.

Quando resume sua história sem explicar muito, acaba despertando a curiosidade.

UMA SINOPSE MATADORA

Esse é o terror de todos os escritores. Como resumir sua super história complexa e cheia de detalhes, que levou meses (ou anos) para ser concluída, em poucas frases que despertem o interesse do leitor?

Vou dar a você duas sinopses:

"Camila é empresária do cantor Alex Chase. Ele é um cantor em ascensão, e a mídia está em cima dele, assim como os fãs. Quando sai para jantar com seu noivo, Camila encontra Alex em um restaurante e, por causa de um mal-entendido, a imprensa começa a espalhar a notícia de que eles possam estar tendo um caso. Para abafar o caso, a gravadora resolve forjar um concurso onde uma fã pode escrever a letra para a próxima música de Alex Chase. Só que Camila percebe que é um embuste; apenas uma maneira de fazer com que pareça que ele tem um caso com uma cantora em ascensão. Ela acaba se envolvendo demais e é presa; para piorar, a tal cantora não é quem parece ser. Tudo indica que quer prejudicar Alex e subir na carreira. Camila precisa provar sua inocência e ainda expor a verdade."

Chata e previsível. Já contei praticamente toda a história do livro; o leitor não vai ter nenhuma surpresa, vai?

Agora veja esta aqui:

"Livro finalista no concurso Best Seller de André Vianco.

Tente agenciar um cara famoso e imprevisível, sendo uma mulher meio impulsiva. E o pior, nesse ramo você tem que tomar cuidado com certas atitudes, porque bem... a imprensa está na sua cola. E as fãs. A produtora. E não podemos esquecer, se você exagerar... a polícia.

Camila é a agente de Alex Chase, um cantor que está subindo nas paradas rapidamente. Ela é bem independente, namora um empresário famoso e sonha em viajar pelo mundo fazendo turnês para Alex. Infelizmente, após um mal-entendido, a imprensa começa a espalhar um boato sobre seu envolvimento com o cantor. Para disfarçar e tirar os dois do holofote da mídia, a gravadora resolve criar um concurso de compositores. O vencedor ou vencedora escreverá o próximo sucesso de Alex Chase.

Entretanto, o concurso parece na verdade um tremendo embuste. Mesmo correndo o risco de ser presa, Camila decide ir contra seus empregadores e burlar a imprensa... mas até onde seu envolvimento com Alex Chase é apenas profissional?

Isso é show business, querida... não leve para o lado pessoal".

Qual sinopse chamou mais sua atenção? A primeira revelou até demais, não? A segunda até que contou bastante, mas a chamada instiga mais o leitor. Afinal, o que tem a polícia a ver com isso? E por que essa frase no final?

Eu reescrevi a primeira parte omitindo algumas coisas, mesmo mantendo a mesma estrutura. Por que acrescentei aquele parágrafo no alto? O fato é que você tem que chamar a atenção desde a primeira linha. Se seu leitor começar a ler e achar que é igual a vários livros que já tem, dificilmente vai comprar. Sem contar que, estando na Amazon, o primeiro parágrafo é o que aparece. Então como ele está no site?

"Livro finalista no concurso Best Seller de André Vianco.

Tente agenciar um cara famoso e imprevisível, sendo uma mulher meio impulsiva. E o pior, nesse ramo você tem que tomar cuidado com certas atitudes, porque bem... a imprensa está na sua cola. E as fãs. A produtora. E não podemos esquecer, se você exagerar... a polícia."

Se isso não instiga seu leitor a apertar o botão de Leia Mais, é porque este realmente não é o tipo de livro que ele está buscando, então nem adianta insistir nesse aspecto, certo?

Para facilitar, use o faz-de-conta. Faz de conta que você nunca ouviu falar daquele livro antes e acabou de pegá-lo na prateleira. Faz de conta que você não é autor, mas um potencial comprador. Por que aquele livro chamou sua atenção? A sinopse tem a ver com a capa? Entrega demais? É o tipo de livro convidativo? Por que esse e não aquele que está do lado? Qual o diferencial?

Não entregue a história. Haja como se estivesse falando com uma criança sobre uma surpresa que ela terá quando chegar em casa. Ela vai fazer mil perguntas: é um brinquedo? Minha tia veio me ver? É de comer? Para não entregar, provavelmente você vai tomar cuidado com o que fala, mas procurando deixá-la empolgada. Essa é a graça da coisa. A criança fica com os olhos brilhando esperando chegar. Faça o mesmo com seus leitores; os olhos deles devem brilhar olhando para o seu livro.

Pegue sinopses de livros famosos e anote. Faça as seguintes perguntas:

- Por que é interessante?
- O quanto entrega da história?
- Por que se sentiu curioso?

Veja a sinopse do livro Harry Potter que a própria Rowling escreveu para convencer os editores:

> "Harry Potter vive com sua tia, tio e primo porque seus pais morreram em um acidente de carro – ou pelo menos é isso que foi dito para ele. Os Dursley não gostam que Harry faça perguntas; de fato, eles não parecem gostar de nada sobre Harry, especialmente as coisas estranhas que acontecem ao redor dele (para as quais ele mesmo não tem explicação).

O maior medo dos Dursley é que Harry descubra a verdade sobre si mesmo, então, quando cartas começam a chegar para ele em seu 11° aniversário, ele não tem permissão para lê-las. No entanto, os Dursley não estão lidando com um carteiro comum, e à meia-noite do aniversário de Harry, o gigantesco Hagrid arromba a porta para ter certeza que Harry finalmente consiga ler sua carta. Ignorando os horrorizados Dursley, Hagrid informa a Harry que ele é um feiticeiro, e a carta que ele dá a Harry explica que o rapaz é esperado na Escola de Magia e Bruxaria de Hogwarts dali a um mês"

Sim, tem muito mais além disso, mas vamos analisar até aqui. A sinopse entregou muita coisa, apesar de ser longa? Não. Os pais de Harry morreram ou não em um acidente de carro? Por que coisas estranhas acontecem ao redor dele? Por que não querem que descubra a verdade sobre si mesmo e, mais ainda, que verdade é essa? Eles sabiam que ele era feiticeiro?

Perceba que a sinopse continha drama: não gostam dele/têm medo que Harry descubra algo; a curiosidade: coisas estranhas acontecem ao seu redor; a surpresa: Hagrid invade a casa; o enredo: ele é um bruxo.

No livro *Ideias que colam*, de Chip e Dan Heath, as ideias têm que passar sentimento, relato, credibilidade, surpresa e simplicidade. Analise você mesmo se isso não se encaixa no que acabou de ler. Agora analise sua sinopse. Ela desperta emoção, é simples, parece real (não contraditória — por exemplo — o jovem medroso foi de encontro ao dragão), contém o elemento surpresa: algo aconteceu — o que será? e você relatou bem a história?

Se disse sim para todos esses elementos, parabéns! Está pronto para publicar. Se não, repasse e faça quantas sinopses desejar. Sempre faço 10 sinopses antes de escolher uma; apago e encaixo onde preciso. Prove para seu leitor que sua história é melhor do que qualquer coisa que ele leu. Seja criativo!

A FAMIGERADA CAPA

Se as pessoas tivessem noção do quanto a capa é importante, pagariam devidamente por uma! Muitos acham que pegar uma imagem na Internet está bom (sem contar os problemas com direitos autorais), colocar uma fonte frufru e voilà! Pronta.

Está terrivelmente enganado. Esmagadoramente.

Vamos dizer que você precisa comprar um produto de limpeza. No entanto, você nunca viu aquelas marcas antes. Das duas uma: você acaba indo pelo preço ou pela embalagem (bem, o cheiro também conta). Quantas vezes você viu um chocolate interessante e acabou comprando por conta da embalagem chamativa?

A primeira coisa que seu leitor vai notar em uma livraria é a capa. Imagina você ser convidado para sair por aquela pessoa de quem já estava gostando há um tempão. Você vai desarrumado, despenteado e com sapato furado? Espero que não. E depois você vai dizer a ela: "Desculpe, não tive tempo de me arrumar. Na próxima eu melhoro"?

Provavelmente a pessoa vai ficar bem chateada. Seu leitor também. Se não der uma boa primeira impressão (afinal de contas, é ela "que fica"), ele vai desistir do seu livro rapidinho. Afinal, ele estava muito "desarrumado" para sentir-se no desejo de levá-lo para casa.

Eu realmente não entendia muito isso, até o dia em que li uma resenha a respeito do meu livro que dizia: "Comprei pela capa e não me arrependi."

Aqui fica outra lição também: tem que condizer com o conteúdo. Se é um livro hot, você vai colocar uma ilustração fofa na capa? Pode até causar problemas, não é? Ou se for um livro infantil e colocar um casal dando uns amassos (bem, pode ser um livro sobre de onde vêm os bebês, mas não acho bom começar dessa forma), ou ainda um livro de fantasia e colocar um cara sem camisa olhando para o leitor com ar sedutor?

Meus livros são ilustrações na capa (na maioria das vezes) para também condizer com o conteúdo humorístico, mas isso varia do gosto de cada um.

Entretanto, saiba: a capa tem que agradar seu público, não você. Pode ser que tenha amado aquela paisagem, mas se não condiz com o conteúdo, não a coloque. Você pode amar a arte daquele artista, mas se não faz sentido para sua história, não o contrate.

Outra coisa, que para mim é tão necessária quanto a imagem: sua fonte! Pesquise a fonte — serrilhada, não serrilhada, com serifa, sem — não coloque aquela que você achou mais bonita porque sim.

Vi muitas capas lindas cujas fontes estragaram toda a imagem. Quando me pedem para fazer capas de livros, eu sempre digo o mesmo: faço só a imagem. Para a capa é bom contratar um capista profissional. Fonte, disposição de título e seu nome influenciam demais. Dica: procure livros que abordam temas parecidos com o seu e veja como são as fontes e como o título está disposto. Se você for uma pessoa famosa, coloque seu nome num lugar grande e visível. Se não for, seja discreto.

Já tem aí duas dicas essenciais: sinopse e capa. Falta saberem que ele existe.

Livro bom se vende sozinho. Aham, sei.

8

Parabéns, seu filho acabou de sair da maternidade! E agora? Vai colocá-lo no chão e deixá-lo ir para casa com suas próprias pernas? Bem, se você é um bom pai/mãe (e não um maníaco inconsequente) imagino que sabe que primeiro terá que prepará-lo para o mundo.

Claro que haverá muito a aprender, a revisar seus conceitos, a programar ainda. No entanto, não vai deixá-lo trancado até aprender tudo a respeito de como cuidar de uma criança, certo? Vai ligar para os parentes, amigos, planejar o quarto, marcar hora com o obstetra.

Ok, chega de falar de bebês; não estou grávida, foi só uma analogia que eu considerei perfeita.

O que quero dizer é que agora que seu livro está pronto, revisado, editado e na sua mão, o que deverá fazer? Primeiro, vai avisar o mundo de sua existência. Mas não invadindo cada perfil social, lotando de spam a caixa de amigos e parentes e nem exigir que todos devam vê-lo (ou comprá-lo).

Avise em sua rede social, mostrando o quanto está emocionado, e que todos que quiserem vê-lo, melhor acessar esse endereço x. Ele será vendido em tais e tais lugares ou com você.

Não se deixe passar um dia de sua divulgação. Quem não é visto, não é lembrado, como já falei antes. Se seu livro é mesmo bom, claro que ele vai ser passado de boca em boca. Entretanto, lembre-se de que há milhares de livros iguais ao seu por aí (não exatamente, claro, mas de temáticas semelhantes, com personagens carismáticos e muita divulgação). Seus leitores vão repassar aos amigos, mas não é fácil assim. Nós somos bombardeados com informações e propagandas todos os dias; é muito difícil que nossa atenção se mantenha em algo por muito tempo.

A não ser que seja algo digno de um Oscar, não vejo como seu livro decolaria com uma ou outra pessoa que compre. Sem contar que esse leitor teria que ser a pessoa CERTA para poder divulgar seu livro, coisa que, se você não nasceu com o bumbum voltado para lua, melhor não ficar esperando que aconteça.

A primeira coisa a se fazer é montar um site. Não comece com desculpas dizendo que isso é difícil; com certeza não mais que escrever um livro. Há centenas de tutoriais na Internet, especialmente no Youtube. Ainda mais: o Wordpress é incrivelmente autoexplicativo e você pode aprender em um piscar de olhos.

Veja bem que não estou me referindo a criar um blog — isso já demanda muita dedicação; pelo menos uma vez a cada semana ou 15 dias. O site de autor é extremamente necessário: lá você coloca seus dados, quem é você, sua história, a sinopse do seu livro, comentários a respeito, resenhas e como se faz para comprar. É possível que não tenha muitas resenhas disponíveis no momento, mas procure algumas pessoas que gostem do estilo do seu livro e peça a elas para que o leiam (de graça, obviamente) e façam comentários a respeito. Lançar uma pré-venda é uma boa, desde que tenha muitos conhecidos, porque pode acabar sendo uma furada.

Segundo o livro *Ideias que Colam*, as pessoas são movidas a comprar por autoridade (um autor conhecido, por exemplo, do qual elas gostam) ou por pessoas que elas conhecem e confiam. Se estiver em uma livraria, e acompanhado por um amigo, é muito provável que se incline a comprar se ele te mostrar um e disser: "Este aqui é ótimo!" Por isso, não deixe de colocar comentários e resenhas a respeito do livro no seu site — e que sejam verdadeiras.

Veja aqui o meu: https://lp.recantodachefa.com.br/vi-vianne-fair

Como eu já era conhecida pelo meu blog há muitos anos, preferi manter; mas é bom que tenha um site somente com seu nome acompanhado do prefixo de autor.

No entanto, se realmente achar que não é para você e não tem tempo nem paciência para se dedicar a fazer um, contrate o serviço. Há muitos sites especializados e freelancers que fazem bons websites por um preço razoável. Não seja poupador desta vez! Observe páginas de autores famosos — acha que eles jogaram qualquer coisa lá para poder aparecer? Amo a página de autora da J.K. Rowling; acho super criativa. Escolha algumas páginas que goste e apresente ao freelancer o que espera criar e o que quer que tenha na página. Procure obviamente bons profissionais — não vá atrás de seu primo de 15 anos que começou a fazer websites agora e está procurando trabalho (a não ser, é claro, que ele seja um fenômeno).

Uma coisa importante: trabalhe seu SEO. Não, não estou falando de livros hot aqui (mesmo porque seria CEO). SEO é o que faz a sua página ficar bem ranqueada no Google. Tem a ver com números, hashtags, títulos, etc. Quando a pessoa digitar seu nome, seu site deve aparecer. Digite Vivianne Fair no Google e você vai ver que minha página vai ser a primeira.

Estude bem isso e se for contratar alguém para fazer seu site, deixe bem claro que precisa do SEO para ter um bom posicionamento. Se ele não souber o que é, fuja — não se dê nem ao trabalho de explicar.

Depois que sua página estiver pronta e linda, vamos partir para sua imagem!

9

Se seu personagem pode ser o que quiser... por que não você?

Quando você digita seu nome no Google, o que aparece? Seu Facebook pessoal com você segurando copos de bebida? Ou na praia de sunga ou biquíni nas fotos de família? Isso acontece quando você digita Paulo Coelho no Google? Ou Mel Gibson? Não, não é mesmo? Eles trabalham bem sua autoimagem e esse deve ser seu próximo passo.

Como você quer ser conhecido? Qual seu público? Se for de pessoas que gostam de histórias eróticas e hot, não convém passar a imagem de menininha/ rapazinho, não é? Nada de vestidinho florido ou boné e bermuda. Talvez uma roupa mais sensual, elegante, seja mais adequada ao seu público. Ou se for infantil? Já pensou que péssima imagem você aparecer de regata ou sem camisa? Não muito convincente.

Já falamos sobre autoridade e é ela que você deve construir. Não há problema algum ter uma página pessoal e outra profissional, desde que não as misture muito ou consiga tempo para administrar ambas. Não há nada errado em postar uma ou outra foto pessoal em sua rede social de autor assim como não há nada errado em postar fotos profissionais em sua rede pessoal. No entanto, você deve sim prestar atenção nas fotos que posta. Postar uma de sua família? Tudo bem, o leitor gosta de conhecer um pouco de seu autor. Mas nada de fotos amadoras, luz ruim, o primo de dedo no nariz, você com uma pose estranha no sofá ou aquele sorriso amarelo que sai quando demoram para bater. Tire uma foto alegre, em um ambiente animado, conte algo engraçado a respeito de como essa foto foi tirada, etc. As pessoas gostam de se envolver.

Também não coloque coisas muito pessoais ou reclame de sua vida nas redes sociais. Isso é muito antiprofissional. É desagradável ver um lado ruim em alguém que você admira. Claro, ninguém é perfeito, mas você não precisa se expor completamente. Eu já gostei muito de determinados autores, mas quando eles começaram a bater boca por causa de política ou reclamar do marido/esposa nas redes, eu os excluí da minha lista. Tem certas coisas que não devem ser levadas a público, como naquele programa "Casos de Família." Uma vez vi uma autora reclamando que os livros dela não vendiam, que ela se sentia uma péssima escritora e muitos a apoiaram. Sim, ela pode ter vendido alguns livros depois disso — provavelmente alguns por pena. Mas a que preço? Acha que ela construiu uma impressão de autoridade?

Passe a imagem alegre que seus leitores querem ver de você; afinal, é uma inspiração para eles. Imagina Jesus sentado no chão com os apóstolos para reclamar do quanto a vida Dele era difícil. Que imagem depois de dois mil anos iríamos ter Dele ainda?

Na minha primeira bienal, fui só com livros embaixo do braço e um sorriso no rosto. Eu estava tão alegre e animada que apareceu até um casal de idosos que compraram meu livro porque eu era uma "menina muito divertida". Voltei feliz da vida e disse em todas as minhas redes sociais que havia vendido todos os meus livros só no primeiro dia. Era verdade. Só que eu só tinha levado 10 deles. Ninguém precisava saber disso, certo?

Se precisar desabafar ou de apoio, use suas redes pessoais para isso. Ninguém irá te julgar — bem, talvez sim, mas melhor que não seja seu leitor.

Mesmo que não curta redes sociais, elas são extremamente importantes. Bem ou mal, é onde a maioria dos seus leitores está. Crie em todos os lugares: Facebook, Instagram, LinkedIn, Wattpad, Twitter. Seja profissional; nada de transformar suas redes sociais em um muro de lamentação.

Invista em suas fotos. É possível, sim, tirá-las apenas com celular, mas a iluminação deve estar decente. Não pense que é só tirar fotos no sol; é caso de luz direta e pode não ficar bom. Pense em investir em um equipamento de iluminação ou fabricar o seu — fiz minhas próprias câmeras de luz utilizando materiais reciclados e ficaram ótimas. Tire fotos com seus livros, do seu espaço de escrita — por favor, que esteja organizado! Pense na sua autoimagem. Quer passar a impressão de ser um autor relaxado? — de sua paisagem da janela, do seu café na mesa.

Não gosta de tirar fotos? Nem de gravar vídeos? Isso pode ser algo um pouco complicado. Autores têm que aparecer, sim. Editoras esperam por isso. Talvez um pouco de autoconhecimento ou um aumento em sua autoestima sejam necessários.

Eu era extremamente tímida. Meus primeiros vídeos foram sem iluminação, fala devagar e cara de cansada. Rever o vídeo? Nem pensar, que mico! Vou postar do jeito que está.

Hoje já uso maquiagem, penso no cabelo, na roupa, na iluminação, no cenário, no som (meu Deus, super importante! Grife "som" com caneta marca texto, por favor) — meu marido disse que se as pessoas tivessem alguma noção de que levo quase 40 minutos para gravar 5 minutos de vídeo, iriam assistir com muito mais boa vontade! — e também penso em um pequeno roteiro antes de mandar brasa (que fala antiga, eu sei).

Coloco uma música de fundo bem baixa, sem direitos autorais — o website *Bensound* é perfeito para isso. Memes, falas engraçadas, textos, imagens e edições de vídeo com cortes e aproximação, entrada e saída. Levo cerca de 40 minutos editando, dependendo do vídeo. Uso programas de áudio para testar os microfones e aumentar e tirar ruído.

Viu só? Não dá tempo de sentir timidez. Quando colocar na cabeça que aquilo é parte essencial para a realização de seus sonhos, vai perder a vergonha e jogar tudo para o alto.

Não pense que não vão gostar de você — a não ser que seja agressivo no vídeo — por causa da sua aparência. Claro, dê um bom trato em si mesmo — cabelo, maquiagem (para homens também, um pouco de base não faz mal) e mesmo que se ache feio, não é isso que as pessoas buscam. Elas querem alguém que saiba falar com clareza, confiança e autoridade. Não acha que se for bem desprendido e eloquente os leitores não vão te dar uma chance?

MAS O QUE EU FALO NO VÍDEO?

Não precisa ser nada demais. Faça um vídeo falando a respeito do seu livro; crie um conto avulso dele e narre; faça um vídeo de 30 segundos para postar nas redes falando de algo engraçado/assustador/curioso a respeito do que aconteceu quando você estava escrevendo ou o que descobriu a respeito de algum lugar da sua história. Não precisa ser nada incrível ou estupendo. Pergunte às pessoas o que acham de determinado assunto, fale de algum outro autor que admira, de algum livro que leu e achou parecido com sua temática, o que der na telha. Não seja agressivo ou procure ser polêmico. Pode dar resultado? Sim. Mas o tiro também pode sair pela culatra. Não fale mal de amigos autores ou leitores — isso vai ser terrível para sua imagem. Não reclame da vida, não reclame de vendas — na verdade, não reclame de nada. As pessoas gostam de estar com quem está de bem com a vida — incluindo você mesmo!

CAUSANDO POLÊMICA

Uma vez vi um meme no Facebook que dizia autor Nutella e autor raiz. Achei engraçado ele dizer que autor raiz é aquele que fuma, que fica trancado em casa, que só escreve, que não atende fãs, vende livro quando morre, toma remédio, é perturbado, pessimista, escreve quando está mal e isso faz dele um autor popular. Bem, talvez até tenha sido comum no passado (na verdade duvido muito), mas os tempos são outros. No meme do autor Nutella, havia: pede para leitores lerem seus livros pelo amor de Deus, gosta de aparecer, selfie com hashtag na noite de autógrafos, lê os mais vendidos, amigo dos blogueiros, foto do café ao lado do notebook, fica com tendinite quando escreve.

Muito cuidado com esses preciosismos da literatura. Se achar que só tal escritor é bom porque usa palavras rebuscadas ou só aquele livro é bom porque é a figura de um escritor de verdade e não um "produtor de conteúdo", você pode acabar preso no passado, algo como: "Um poeta é obrigado a escrever versos decassílabos".

O que levou milhares de crianças e adolescentes ao mundo da literatura não foram livros didáticos ou que foram obrigados a ler na escola e sim Harry Potter, Ladrão de Raios ou Crepúsculo. Se somos sempre obrigados a obedecer regras e parâmetros em nosso cotidiano, o que vai ser da literatura no futuro?

Antes que alguém proteste dizendo que amou Jorge Amado ou Machado de Assis na escola, eu digo: acredito em você. No entanto, os livros evoluem junto com a sociedade. Eu era uma menina que amava ler — muito! Qual meu livro favorito? O Menino Maluquinho, a Bolsa Amarela, a Flor Friorenta, a Droga da Obediência. Eles me incentivaram muito a mergulhar nesse mundo encantado. As crianças hoje precisam de algo que acompanhe a velocidade da informação. Apresente a elas os clássicos, claro, mas não as prenda neles. Deixe-as conhecer livros sobre homens que dão a volta ao mundo, e também bruxos que são chamados para escolas especiais ou sereias que viram humanas por um grande amor. Não deixe que o tédio e a tecnologia mate sua imaginação.

Não tenha medo de ser chamado "autor Nutella". Para falar a verdade, Nutella é um doce atual, certo? E que tipo de autor você quer ser? Daqueles que só vendem livros quando morrem ou aquele que está em contato com os fãs? O que acompanha a moda atual ou tenta contar as sílabas de um poema para obedecer a uma métrica antiga? Só porque algo não se encaixa em valores do passado, não deixa de ser uma obra-prima. Crepúsculo ou Harry Potter podem não ser considerados clássicos, mas ainda são romances e não vão deixar de ser porque não se encaixam em preceitos pré-determinados.

Na minha época de faculdade, tive muitos problemas com professores (meu filho teve a quem puxar). Eu fazia Artes Plásticas e achava as aulas incrivelmente contraditórias. Em uma o professor dizia que tudo era arte. Na outra, dizia que se não estiver em um museu, não é arte.

Certa vez uma professora me viu fazendo um desenho estilo mangá na aula. Ela começou a rir, apontou para meu desenho e disse que aquilo não era arte. Por mais que eu dissesse que eles mesmos tinham afirmado isso antes, ela disse: "mas tudo tem um limite". Achei engraçado essa fala, considerando que existem pessoas que misturam o próprio cocô na tinta para pintar (queria estar mentindo, mas não).

Então, claro, na minha falta de bom senso, resolvi bater boca com a professora: "Então está me dizendo que tudo bem colocar um bidê no museu e chamar de fonte (memória a Duchamp), mas um escultor de areia que nunca passou por uma faculdade não faz arte?"

Ela disse: "Sim. Tem que passar por uma faculdade e se formar antes."

Eu continuei: "Então, se eu me formar e passar a fazer só desenhos estilo mangá, se tornará arte, certo?"

E ela: "Não, porque isso nunca será arte".

Então um colega meu levantou-se e disse: "Não sei porque está falando que o trabalho dela não é arte. Ela ganha mais com um desenho só do que você com uma semana dando aula."

Eu sei. Praticamente a vi cuspindo fogo. Depois outro se levantou para defender a professora: "Acontece que se você ganha dinheiro com a arte, ela deixa de ser arte!"

E começou uma discussão ferrenha. Uma das aulas mais divertidas da minha vida.

Quando tudo acabou? Quando esse mesmo colega levantou-se e disse: "Vocês são hipócritas. Quando saírem da faculdade, ou vão morar com a mamãe e o papai ou vão prestar concurso com a arte que não podem vender e se sustentar." A discussão acabou aí (também havia acabado a aula).

Não tenha medo do que vão falar ou pensar de você. Siga seu coração. Quer escrever um livro com falas rebuscadas ou ter um livro estilo Jorge Amado? Vá em frente. Prefere se aventurar em um livro de fantasia? Hot? Poesia? Não deixe nada parar você. Entretanto, mais do que tudo, lembre-se: você não tem o direito de julgar o que é certo ou não — mesmo tendo se formado em faculdade de Letras.

SEJA GENTIL E ATENCIOSO

Uma vez uma leitora me mandou um e-mail carinhoso e eu respondi toda feliz, dizendo que foi muito adorável da parte dela me mandar uma mensagem. Na mesma hora ela respondeu com outro e-mail: "Nossa, você falou comigo! Não acredito! Nunca ninguém me responde!"

Eu realmente fiquei chocada. Se for um daqueles autores incrivelmente famosos, acredito, claro. Afinal, provavelmente é a assessoria que cuida de e-mails e redes sociais. Mas um autor em sã consciência jamais — ponha na sua cabeça — deixa de responder a um fã. Pense: ele provavelmente leu vários livros, mas quis escrever uma mensagem para você! Você é um autor especial na vida dele! Já pensou no que isso significa?

Seja gentil mesmo com pessoas que escrevem críticas negativas a respeito do seu livro. Não vá atrás delas para reclamar

— desculpe, mas isso não é muito profissional — , a não ser que esteja claro que a pessoa em questão esteja tentando te prejudicar. Uma vez, uma pessoa colocou uma estrela apenas em meu livro. Não colocou resenha nem nada. Como percebi que ela era uma das minhas leitoras no Facebook, mandei-lhe uma mensagem simpática: "Olá! Vi que deu uma estrela para meu livro. Poderia me dizer o que não gostou? Facilitaria muito para eu melhorar no próximo." Ela só respondeu com um "me desculpe" e colocou cinco estrelas na avaliação.

Não gostei disso porque não era o que eu queria. Mandei-lhe outra: "Desculpe, não pedi que mudasse sua avaliação. Só queria que me dissesse o motivo. Eu quero melhorar."

Ela respondeu: "ah, é que não gosto de livros de comédia."

Bom, aí, no caso, não foi culpa minha. Meus livros são bem explícitos no que se refere a esse teor. Teve uma outra leitora que fez uma resenha negativa também. Mandei a mesma mensagem e ela foi um pouco grosseira e me disse que eu era muito repetitiva e achou algumas passagens chatas. Agradeci e disse que ia melhorar; pedi para que me ajudasse no que achava que eu poderia me aperfeiçoar. Subitamente, a moça se tornou extremamente simpática e me disse os pontos que eu poderia trabalhar. Alguns não concordei, e claro que eu tenho direito a isso, mas não disse nada. Outros, eu agradeci e disse que trabalharia melhor nos próximos. A leitora não só se tornou uma grande amiga minha como ainda passou a fazer leituras beta dos meus livros.

Veja como uma atitude pode mudar sua vida. Vi um autor que foi reclamar com uma blogueira de uma resenha negativa que ela fez de seu livro. Ela disse a ele que o achou muito confuso e sem muitas explicações e que tinha personagens demais. Ele ficou furioso e terminou com uma frase da qual tenho certeza de que se arrepende até hoje: "O problema é que para ler meu livro tem que ter massa cinzenta."

A blogueira postou nas redes sociais a respeito da atitude dele. Imediatamente várias se recusaram a resenhar seu livro ou fizeram inúmeras resenhas negativas. Ele sumiu das redes; até hoje não escuto mais falar de seus livros.

A reputação humana é frágil. Basta uma única bobagem que você fala em uma rede social por estar em um mau dia que fica marcado para sempre. Pode pedir desculpas e tudo, entretanto. pode acontecer de nunca mais as pessoas esquecerem. Alguém pode te elogiar e outra pessoa dizer: "Mas esse não é aquele que...?"

Sempre preste atenção em sua atitude nas redes. Não se deixe levar pelo orgulho; é bem provável que receba uma crítica negativa simplesmente porque sim. A pessoa pode nem ter lido seu livro; existem aqueles que simplesmente terão inveja do seu sucesso. Está tudo bem. Uma frase que li de Padre Pio: "Se o mundo te ama, algo está errado. Reveja seus passos."

Nos dias que não estiver bem, afaste-se das redes. Medite, reze, ore, passeie, faça exercícios. Quando receber uma crítica negativa e achar que ela não te acrescentou nada, respire fundo e vá fazer outra coisa. Com o tempo essas coisas não te atingirão com a mesma facilidade.

Quem leria de você?

Uma coisa que aprendi a duras penas foi que não ter um público definido é um problema e tanto. Eu mesma achava que, como meu livro era apropriado para qualquer idade por ser comédia, eu não precisava definir um. Sempre dizia: "dos 8 aos 80".

O fato é que definir um público não é necessariamente limitá-lo. Por exemplo, amo livro infanto-juvenil, apesar de ter 40 anos. Sei que são para adolescentes, mas não me importo.

Quando define seu público, fica mais fácil de falar com ele. A linguagem sai mais naturalmente. Imagine você publicar um livro infantil e colocar à venda falando dessa forma:

"O livro tal é uma excelente maneira de expandir seu conhecimento a respeito de bullying e outros problemas escolares."

Ou dessa forma:

"Olá, amiguinho! Sabia que Juviscreudo está passando por problemas na escola? Alguns coleguinhas andam implicando com ele! Como será que ele vai resolver? Vamos ver?"

Qual dessas frases você acha que chamou mais a atenção das crianças? A segunda, certo. Mas quem vai comprar seu livro? Os pais. Então a linguagem que deve desenvolver é voltada para eles. Nem a primeira, nem a segunda. Qual a faixa etária das crianças? Que tipo de pais tem uma criança com essa idade? Poderia ser algo do tipo:

"O seu filho vai amar conhecer a história de Juviscreudo, que está passando por alguns problemas na escola. De quebra, ele ainda vai aprender sobre bullying e tantos outros sofrimentos que afetam as nossas crianças!"

Não sei você, mas sendo mãe, eu adoraria que meu filho já aprendesse sobre o que vai enfrentar desde cedo e esse livro seria uma boa maneira de começar. Entendeu o que quero dizer? A chamada tem que ser para quem vai comprar!

COMO DESCOBRIR SEU PÚBLICO?

Às vezes, não é fácil saber bem a idade do público para o qual seu livro se destina. Eu acreditava que poderia falar de qualquer forma que chamaria a atenção para meu livro, já que qualquer um poderia ler. Uma vez recebi um e-mail de uma senhora de 80 anos que lia para a netinha de oito todas as noites antes de dormir o meu livro "Quem precisa de heróis?". Como definir nesse caso? Dos 8 ao 80 outra vez?

Bem, primeiro, veja alguns tipos de livros famosos parecidos com o seu na Internet. Quais os tipos de pessoas que comentam nesse livro? Qual a linguagem que o autor utiliza para se comunicar com eles?

Faça uma pesquisa boca a boca mesmo. Mande e-mail ou mensagens no Facebook fazendo perguntas para seus leitores, ou até stories no Instagram do tipo: "Quantos anos você tem?" "Que gêneros gosta de ler?" "O que acha de fantasia?" "Qual livro que você mais gosta?"

Faça uma conta comercial no Instagram. Depois que definir seu perfil de autor, dentro de configurações, passe sua conta para perfil comercial — simples e não paga nada. A partir daí você vai começar a receber informações muito úteis a respeito de seus seguidores: idade, sexo, hobbies, melhor horário para postar, etc. Sua página no Facebook (página, não perfil pessoal) também oferece essas informações.

CERTO, JÁ SEI COMO ELE É. E AGORA?

Crie uma persona. Para você que é autor, isso não vai ser difícil, não é mesmo?

Da mesma forma que se utiliza para criar um personagem, faça as seguintes questões:

- Quem é?
- Qual o nome dele/dela?
- Do que gosta?
- Quais seus hobbies?
- Quais seus sonhos?
- Que idade tem?
- O que não gosta?
- Tem filhos? Não tem? Gosta de bichos?

Seja bem específico. Pegue uma foto da Internet e coloque junto com a ficha do seu persona. Quando for fazer uma postagem, colocar uma imagem, qualquer coisa, se imagine falando com ela. Vai perceber que vai ser muito mais fluido assim.

Faça uma conta comercial no Instagram. Depois que defini seu perfil de autor, dentro de configurações, passe sua conta para perfil comercial – simples e não paga nada. A partir daí você vai começar a receber informações muito úteis a respeito de seus seguidores: idade, sexo, hobbies, melhor horário para postar, etc. Sua página no Facebook (página, não perfil pessoal) também oferece essas informações.

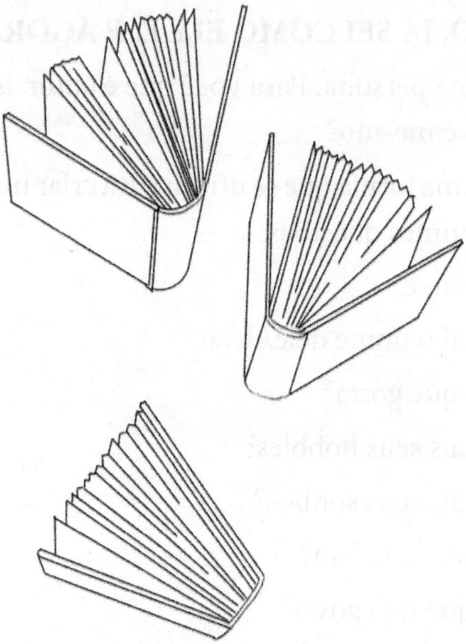

CERTO, JÁ SEI COMO [illegible] E AGORA?

Crie uma persona. Para você que é escritor, isso não vai ser difícil, não é mesmo?

Da mesma maneira [illegible] criar um personagem, faça as seguintes perguntas:

- Quem é [illegible]?
- Qual o nível de educação?
- Do que gosta?
- Quais seus hobbies?
- Quais seus sonhos?
- [illegible]?
- Do que não gosta?
- Tem filhos? [illegible] Gosta de [illegible]?

Seja bem específico. Pegue uma foto da internet e cole que nem com a ficha da sua persona. Quando for fazer uma postagem, coloque uma imagem, qualquer coisa, se imagine falando com ela. Vai perceber que vai ser muito mais fluido assim.

11

Investindo um pouco mais

Para começar, você deve ser generoso consigo mesmo e com seus livros. Voltando à analogia do filho, você não compraria produtos da pior qualidade para cuidar dele se dispuser de recursos, certo? Com seus livros, deve acontecer a mesma coisa. Não basta ter um laptop/máquina de escrever/um caderno e achar que pronto, agora está tudo no esquema para decolar.

Uma vez uma leitora me mandou uma mensagem perguntando qual era o valor do meu livro. Logo depois ela me respondeu: "Então tá! Estou escrevendo um livro agora e logo que começar a vender, eu compro o seu. Vou ver se vai ser esse mês." Ela não me viu por trás do e-mail, mas dei um sorriso condescendente. Antes de começar a vender, você deve gastar e muito se quiser que ele apareça.

Sim, com certeza você já gastou muito em seu livro. Suponho que pagou por revisão, capa, ISBN e tudo o mais, além dos livros da gráfica. Se lançou apenas por e-book não deve ter gasto nada além da capa e da revisão, então tudo bem.

Uma vez que criou seu site, não ache que as pessoas vão digitar seu nome no Google e surpreendentemente seu site estará lá piscando para elas. Tem que trabalhar seu SEO, como já falei. Depois disso, você precisará de leitores. Para começar, entre em contato com blogueiros cujo trabalho você conhece e gosta. Pesquise como são suas resenhas, se tem muitos seguidores, se é ativo na rede.

Entretanto, não vá simplesmente jogando seu livro — como fazem comigo, algumas vezes — dizendo: "Olha aqui meu livro! Pode fazer uma resenha dele?", e pior: ainda me mandam baixar. Alguns sequer me mandam o endereço, falam para eu procurar no Kindle Unlimited.

Entre em contato com o blogueiro com educação. Por exemplo:

"Olá! Meu nome é XXX! Sou autor e acabei de publicar um livro. Gosto muito do seu trabalho e gostaria de saber como posso fazer para ser resenhado por você. Pode me dizer como posso proceder? No aguardo!"

Bem melhor, não é? Lembre-se que blogueiros mais famosos cobram para resenhar. Se achar que vale a pena, pague. Se não, melhor procurar outro.

Se por acaso o blogueiro não responder, não se incomode. Provavelmente seu livro não é do tipo que ele resenha, ou está ocupado ou não tem mesmo interesse. Não fique chateado. Eu mesma não tenho tempo de resenhar vários livros, mas normalmente eu explico. Bola para frente (outra expressão velha).

Não cobre do blogueiro o preço do livro para resenhar ou sequer o frete. Ele está te fazendo um favor, não o contrário, por mais que jure de pé junto que seu livro é espetacular.

Separe algum dinheiro para pagar determinados blogueiros. Não faça propaganda paga — em Facebook, Instagram, etc. se não tiver uma página de autor feita e uma página de vendas bem definida. Antes de comprar pelo link da Amazon, a pessoa pode procurar saber quem é você.

Tempo também é investimento. Por isso, programe-se sempre para fazer postagens, responder os fãs, postar coisas interessantes nas redes. Invista-o com sabedoria.

Depois de já estar com um nome que aparece um pouco, não é má ideia fazer uma propaganda forte em cima do seu livro. Recolha comentários, resenhas, estude copywriting e storytelling (falarei disso um pouco mais adiante), monte uma boa página de vendas. Ofereça entrevistas, arrume parceiros, faça lives. Pague propaganda no Facebook, Instagram, mas pesquise bem o tipo de público para direcionar da forma correta.

É necessário investir tempo e dinheiro para a divulgação. Mesmo que consiga uma editora, ela não pode parar. A editora em si não terá como divulgar seu livro a todo tempo (considerando que seja um desconhecido e que ela tenha poucos recursos) e é isso que você tem que fazer. Não se sente e espere que alguém faça todo o trabalho, porque a realização de seus sonhos depende de você e mais ninguém.

Para fazer propaganda paga nas redes sociais, não basta colocar uma imagem do livro lá e "compre"! Elabore um chamativo booktrailer — procure um bom profissional, não queime seu filme com uma chamada meia-boca; ou coloque um conto gratuito no seu site. Um desconto pode ser bom, mas para pessoas que nunca ouviram falar de você, não vai chamar a atenção certa. Sem contar que definir seu público não só é necessário — porque caso as pessoas cliquem em suas propagandas só por curiosidade e não interesse, você vai gastar. Melhor um público seleto e pequeno do que um grande que não tem interesse pelo que escreve. Eis aí a importância de definir seu persona.

Hoje em dia já é possível usar imagens, vídeos e carrossel nas redes pagas. Veja bem seu público. O Facebook já é voltado para pessoas um pouco mais velhas; o Instagram para pessoas que amam fotos e um pouco mais novas, o público juvenil é vidrado no Tik Tok, o Twitter é bom para lançar chamadas e frases, e o Linkedin para pessoas mais comprometidas com o trabalho — essencial para quem quer lançar livros de autoajuda.

Estude sua rede ideal e, caso não consiga se comprometer com ela, melhor não manter. Ao menos postar uma ou duas vezes por semana é o ideal, mas não perca muito tempo em todas, senão não vai conseguir se promover sabiamente. Pondere.

12 Editoras tradicionais x Editoras por demanda x Prestadoras de Serviço x Carreira solo

Essa é a maior dúvida de um escritor quando ele termina o livro. Bem, não daqueles que já pretendem cursar o caminho que conhecem bem, mas da grande maioria, claro.

Devo dizer que sigo as quatro. Tenho editoras tradicionais, editora por demanda, prestadoras de serviço e sigo carreira solo também. Vou avisar sobre as vantagens e desvantagens de cada uma e você escolhe o que for melhor para sua carreira, certo? Ou faça como eu e aplique as quatro na sua vida.

1 EDITORAS TRADICIONAIS

Essa é a de maior desejo para os autores, e também a mais complicada de se conseguir. É aquela editora que você não paga para publicar e ela mesmo coloca seus livros nas livrarias e cuida de todo o processo sem que precise gastar um centavo. Para conseguir publicar por esse tipo de editora, é necessário alguns requisitos:

- **A editora tem que publicar o tipo de livro que você escreve.** Claro, não é? Imagina mandar seu hot para uma editora que só publica livros infantis?

- **Você tem que mandar para várias de uma vez.** Faça uma pesquisa de mercado (vá a uma livraria e anote o nome de todas as editoras que encontrar — que publique o tipo de gênero que você escreve). Entre nos sites dessas editoras e veja se aceitam originais. Aceitam? Ótimo. Anote como ela quer que mande. Por e-mail? Carta? Sinal de fumaça? NÃO ENVIE POR FORMA QUE ELA NÃO ACEITE. Espero que eu tenha sido clara. Quer seu livro na lata de lixo ou na lixeira do Windows? Se não, siga as recomendações do site.
- **Envie junto uma book proposal.** Existem diversas por aí, mas vou dar dica de uma que vai facilitar muito seu trabalho mais para frente.
- **Seja humilde, porém confiante.** Não vá escrever: "Oi, se puderem dar uma olhada no meu livro... sei que não é lá grande coisa, mas agradeceria se puderem me dar uma chance." (imagina pedir alguém em namoro dessa forma). Ou então: "Parem tudo o que estão fazendo. Esse livro espetacular com certeza é seu próximo Best Seller!" O editor, antes de mais nada, é um empresário. Ele não vai apostar dinheiro em livro de gente doida (Hum, se bem que... de qualquer forma, tem que ser no mínimo famoso).
- **Tenha paciência.** Ah, sim. As editoras normalmente pedem um prazo de seis meses a um ano para avaliar seu livro e muitas pedem para que você não envie para mais ninguém até o prazo passar. O fato é que a maioria nem responde, então não obedeça à recomendação — desta vez. Vai esperar um ano até poder mandar para

outra editora? Quer dizer, se você tem 15 editoras em vista, vai esperar 15 anos? Não, certo? Eu realmente espero que não faça isso.

Vantagens:

- **Ver seus livros nas livrarias.** Sinceramente, não há alegria maior do que esta para um autor, devo confessar. Quando vi meu livro da Caçadora na loja e logo depois veio um atendente tentando me convencer a comprar dizendo que era muito bom e estava vendendo muito, quase chorei de emoção.
- É mais fácil ficar famoso. Como não ficar se você estiver em uma editora grande? Com certeza fica muito mais visível.
- **Você não precisa gastar rios de dinheiro.** Verdade, mas ainda precisa se divulgar. No entanto, só precisa escrever e mandar para a editora. E não se preocupar com mais nada além de se manter online até o dia do lançamento (e depois, obviamente).

Desvantagens:

- **Você vai receber apenas uma vez a cada seis meses ou um ano.** Isso mesmo, Padawan. As editoras tem um balanço grande para fazer e você só vai ser pago uma ou duas vezes. Se não ganhar milhares de reais ou até milhões em cada pagamento, sugiro arrumar um emprego ou bico.
- **A porcentagem varia de 8 a 10% (às vezes menos).** E não pense logo que é preço de capa, ou seja: o livro

custa R$30,00, então vou receber R$3,00? Às vezes, pode ser menos. Não, a editora não é mercenária. O problema é que envolve uma série de gastos: gráfica, impressão, distribuição, pagamento dos funcionários e livrarias (sendo que estas ficam com a maior parte (cerca de 40 a 50% dos lucros). O que sobra é dividido entre você e a editora.

2 EDITORAS POR DEMANDA

Estas estão entre aquelas que servem bem para aquele autor que sonha em publicar físico, mas não quer perder tempo esperando por editoras tradicionais. Normalmente fornecem: revisão, capa, edição, ISBN, impressão, etc. Você envia seu original e elas cuidam de tudo.

Alguns requisitos:

- **A maioria não precisa de nenhum.** Muitas dizem "Amamos seu original", mas a verdade é que nem leram; isso é para convencê-lo a contratá-las. Fique atento. Se ela realmente amou seu original, por que está cobrando de você para que possa vender? Claro que pode contratá-la, mas não caia em sua lábia antes de ver outras — muitas outras! Faça pesquisa de mercado. Veja os livros que foram publicados por ela e contate esses autores para ver o que acham. Alguns têm experiências horríveis, outros maravilhosas. Guarde bem esse conselho: contate autores. É sério!
- **Pergunte os serviços que ela oferece.** Algumas não fornecem serviços de revisão, ou capa, ou outras coisas. Veja bem se compensa contratá-la se forem coisas fáceis de serem resolvidas ou mais baratas de se contratar por fora.

Vantagens:

- **Você não precisa esperar ninguém para começar seu livro.** Nada de esperar por respostas de editoras. Na maioria das vezes, seu livro pode estar em suas mãos em dois meses ou menos.
- **Pode colocar o preço que quiser.** Quer ganhar quanto em cima dele? 30%? 40%? 50%? O importante é procurar uma editora barata; na maioria das vezes ela cobra uma parte do autor sempre que vai comprar novos livros. Lembre-se que cobrar seu livro com preço alto pode desmotivar leitores. Seja razoável.
- **Ele vai ficar do jeito que quiser.** Você gosta daquela capa? Daquele trecho? Daquela disposição de edição? Bem, você decide tudo, mas não dispense a ajuda de um bom profissional. Eles sabem o que vendem.

Desvantagens:

- **Você mesmo terá que vender seus livros.** Para aqueles que estão começando, isso não é uma tarefa fácil. Mesmo porque, para poder ter desconto na editora, você tem que comprar vários livros de uma vez e vai ter que deixá-los no seu armário e vender poucos a cada dia (às vezes nenhum).
- **Terá que arcar com outros tipos de despesa e tempo.** Por exemplo, ter que ir aos Correios enviar os livros, gastar com gasolina, envelopes, selos, etc.
- **Você vai gastar rios de dinheiro até começar a faturar.** Não tem jeito. Trate de economizar. Uma editora que fornece muitos serviços pode cobrar caro (cuidado com

aquelas famosas que cobram 15 mil para cima — pode não ser a melhor saída para você; conheço muitos que se arrependeram) e os preços variam de R$2.000 a 5.000. Veja o que fica dentro do seu orçamento. Sem contar que terá ainda que comprar os livros à parte, além de todo o serviço.

3 PRESTADORAS DE SERVIÇO

No caso gráficas, revisores, capistas à parte. Muitos chamam as editoras por demanda de prestadoras de serviço também, mas prefiro dividi-las em outra categoria. Sinceramente, costumo optar por esta opção quando quero publicar físico e independente. Por quê? Bem, mesmo que me dê um pouco de trabalho, eu mesma posso contratar os serviços que quero. Contrato capistas, escolho a gráfica que quero imprimir meus livros, a diagramação com quem eu quero (na verdade aprendi a diagramar e amei isso). Tenho mais trabalho? Ah, sim, mas também tenho menos despesas, porque quando vou pedir novos livros na gráfica, trato direto com elas. Requisitos:

- Nenhum, além de paciência e tempo.

Vantagens:

- **Você terá menos despesas.** Se tratar disso por si mesmo, verá que é possível economizar tratando, por exemplo, você mesmo do ISBN.
- **Vai contratar o profissional que quiser.** Não terá que se preocupar com o revisor ou capista que alguém contratou. Você mesmo irá escolhê-lo a dedo.

- **Terá contato direto com aquele que escolheu.** Sim, porque às vezes, no caso das editoras, você não pode entrar em contato diretamente com ele; precisará fazer isso por meio de terceiros.

Desvantagens:

- **Vai cuidar de todos os detalhes sozinho.** E acredite: são muitos detalhes. Se for a primeira vez que vai publicar um livro, talvez seja melhor publicar por uma editora por demanda. Se não, terá que ir atrás de profissionais diversos e acabar caindo na mão de amadores (ou aproveitadores).
- **Terá que dispor de tempo.** Sim, porque vai entrar em contato com várias pessoas ao mesmo tempo, e ainda cuidar dos detalhes avulsos que profissionais não cuidam.

4 CARREIRA SOLO

Deve estar se perguntando: mas como assim? Contratar uma prestadora de serviços não é embarcar na carreira solo?

Sim, mas se eu te disser que é possível entrar em uma carreira solo sem gastar um centavo? Interessou, não é? Essa é sem dúvida a melhor opção para qualquer autor iniciante (e profissional também).

A Amazon é maior editora nesse aspecto. Qualquer um pode publicar e, claro, ganhar muito, dependendo da qualidade do seu e-book. Requisitos:

- **Nenhum.**

Vantagens:

- **Não há gastos**, a não ser aqueles que você teria de qualquer forma: capista e revisor.
- **Não precisa de diagramador se não quiser.** A Kindle já providencia um formato adequado e auto-explicativo. E ela também possui seu próprio número de ISBN.
- **Você pode ficar famoso nessa plataforma.** Se estiver entre os top 10 dos mais vendidos, por exemplo.
- **Você recebe todo mês.** Se vender, obviamente.

Desvantagens:

- **Infelizmente, seu livro só será publicado em ebook.** Se quiser publicar físico, vai ter que ser à parte. Existe uma possibilidade, mas o livro será impresso nos EUA, não terá orelhas e vai demorar para chegar.
- **Você não terá noite de autógrafos.** Bom, é meio difícil autografar e-books, mas nada impede de fazer alguns folhetos com partes do livro para distribuir com direito a um código QR direcionado ao Amazon, certo?

Analise bem qual será a melhor escolha para você; no entanto, saiba que não há problema algum em optar por quaisquer que sejam. Apenas se atente muito bem ao contrato! Cada um tem suas próprias cláusulas e detalhes.

Milagre da manhã para autores

Algum tempo atrás, mencionei que havia lido um livro chamado *Milagre da Manhã,* de Hal Elrod. Basicamente ele fala da importância de se acordar muito cedo (alguns têm pavor desse livro porque ele nos incentiva a acordar nada menos do que às cinco horas da manhã).

Lembro que dei risada quando li a premissa. Que tipo de doideira é essa? Afinal, já acordo 7h30 morrendo de sono! No entanto, como já disse, meu marido e eu começamos a fazer o "ritual" e hoje já é difícil (até quando estamos muito cansados) acordar depois das 7h.

No entanto, mesmo que considere isso uma tarefa impossível, comece a acordar ao menos uma hora mais cedo. Depois, passe pelas seguintes etapas:

1. Silêncio — 5 minutos.
2. Pensamento positivo/Meditação — 5 minutos
3. Cenas da sua história — 5 minutos
4. Afirmações — 5 minutos
5. Exercícios — 20 minutos
6. Leitura — 20 minutos

Não coloquei "escrita" porque isso tudo é o que vai prepará-lo para começar. Vou destrinchar com você cada uma das etapas e então vai entender melhor como isso vai dar um *boost* na sua imaginação.

SILÊNCIO

Nossa vida é bombardeada com imensas quantidades de imagens e informações todos os dias. É praticamente impossível conseguir prestar atenção em determinadas coisas, lugares ou assuntos detalhadamente. Parar para "fazer nada" parece uma tarefa inimaginável. A impressão que dá é que só estamos perdendo tempo. No entanto, quando paramos um pouco, damos à nossa mente uma possibilidade de descansar para poder fluir melhor.

Essa foi uma das tarefas mais complicadas que tive que fazer quando comecei esse método. Uma das coisas mais difíceis a se fazer quando se sofre de TDA-H. Desligar-se de tudo é desligar os pensamentos, as coisas que se tem que fazer, tudo o que preocupa.

Para conseguir o silêncio, feche os olhos (assim as imagens não vão te influenciar — por exemplo, aquele quadro que sua tia pintou — "Como ela está agora? Preciso ligar para minha mãe") e sente-se em uma posição confortável. No entanto, cuidado para não ficar confortável *demais* porque, como está acordando mais cedo, vai acabar dormindo (acontece com mais frequência do que pode imaginar). Talvez sentar-se de pernas cruzadas e coluna ereta — foi o que funcionou para mim. Ah, e beber muita água — por incrível que pareça, ela espanta o sono.

Concentre-se somente em sua respiração. Inspire enchendo a barriga, conte até três, segure por três segundos, expire esvaziando a barriga por três segundos. Algumas pessoas levam mais que esses poucos segundos; ache seu tempo perfeito. Nesse momento, apenas concentre-se em inspirar e expirar. Sempre que um pensamento vier, agradeça sua informação, e volte à sua concentração na respiração. Vai levar alguns dias — semanas, até — , mas com o tempo vai perceber o quanto sua mente irá lhe agradecer.

O mais vantajoso disso é que quando os problemas vierem e as preocupações do dia a dia te acometerem, quando fechar os olhos e respirar, imediatamente seu corpo relaxa. Minha medicação para ansiedade diminuiu pela metade depois disso, assim como minha dosagem para depressão.

Não pule essa etapa sempre que se sentir frustrado. Ela vai demorar sim, mas sua mente vai agradecer. Hoje consigo me desligar dos problemas apenas fechando os olhos.

Uma das coisas que me ajudaram muito foi me revestir da presença de Deus. Não sei se você é religioso ou espiritualizado, mas saiba que quando se envolve de algo maior, nossa tendência é nos acalmar. Fecho os olhos, me imagino com Deus e tudo ao redor parece frear. Experimente, se quiser; é um conselho que dou.

PENSAMENTO POSITIVO

Uma pausa aqui. Muitas pessoas abusam desse método. Pensei em fazer um capítulo à parte a respeito disso, mas acredito que posso ser sucinta.

Existem já no mercado dezenas de centenas de livros que dizem que se você mantiver o pensamento positivo, tudo ao redor dará certo do jeito que imaginou. Bem, é válido, mas com algumas atitudes fará mais sentido.

Há tempos foi feita uma pesquisa na UCLA, uma universidade em Los Angeles, Califórnia. Os alunos deviam pensar em algum problema que os estivesse preocupando, mas que pudesse ser solucionado mais para frente. Segundo os pesquisadores, o objetivo era ajudá-los a lidar com o problema de forma eficaz.

Eram três grupos e todos tinham que ir para casa por uma semana depois de receberem as instruções:

- **Controle:** tinham que pensar sobre o problema, aprender mais sobre ele, pensar no que podiam fazer para solucionar, adotar medidas para lidar, aceitá-lo.
- **Simulação de evento:** deviam visualizar como o problema surgiu, lembrar-se do primeiro incidente e todos os que vieram depois e como lidou com o problema quando ele surgiu. Lembrar-se do que viu, onde estava e com quem estava.
- **Simulação de resultado:** imaginar que o problema está se resolvendo, que está saindo da situação estressante, o alívio que está sentindo e sua satisfação ao conseguir lidar com ele.

Os grupos de simulação tinham que repetir tudo por cinco minutos todos os dias. Resultado: o grupo de simulação de evento apresentou o melhor dos resultados. Eles já estavam vivenciando um estado positivo muito mais forte do que os outros grupos; estavam mais propensos a adotar medidas específicas, buscar apoio e relatar que haviam melhorado e aprendido.

Pense: já ouviu falar de alguém que foi curado de uma fobia só de imaginar como será feliz quando ela desaparecer?

Tenho muito medo de aranhas. Uma vez, em um mosteiro, tive que dormir em um quarto onde uma aranha enorme ficava no teto. Eu sabia que teria que conviver com ela por uma semana. Respirei fundo e dei a ela um nome. Eu a chamava de Gertrudes.

Depois passei a lembrar quando começou meu medo de aranhas. Foi na infância, quando eu estava no banho e uma aranha gigante caiu sobre mim. Reclamei com Gertrudes dizendo que toalha não é lugar de aranha ficar. Comentei que ela parecia estar bem alimentada, cercada de bichinhos ao redor. Imaginei Gertrudes andando pelo quarto, subindo nas minhas coisas — mas eu sabia que era inofensiva. Com o tempo, ela se tornou uma amiga para mim — não a ponto de querer levá-la para casa, lógico — ; no entanto, aprendi a ver como meu medo era irracional. As simulações mentais nos ajudam a gerenciar emoções e ficarmos prontos para situações futuras.

Um estudo de 2007 da Harvard Medical School descobriu que o simples ato de visualizar exercícios básicos de piano interferem na mesma região do cérebro de quando os alunos praticavam fisicamente os mesmos exercícios com os dedos.[3]

Então perceba que o pensamento positivo tem um limite. Veja que Pedro e Paulo na Bíblia tinham discussões e Paulo diz: "Mostre-me sua fé sem obras e eu te mostrarei minha fé pelas obras". Bem, nem 8 nem 80, como eu já disse. É perfeitamente plausível acreditar em si mesmo, mas você tem que buscar meios de tornar isso possível.

---

[3] Fonte: site: forbes.com.br

No livro *O poder do pensamento positivo*, o autor Norman Vincent Peale fala sobre uma mulher cujo marido estava se afastando dela e já estava gostando de alguém. Ela pediu a ele um mês para que ele não fosse embora. O marido aceitou meio a contragosto. Quando ele saía e ficava muito tempo fora, ela o imaginava sentado na cadeira de sempre, lendo notícias para ela como fazia antes, conversando sobre as coisas.

Isso aos poucos também mudou a atitude da esposa. Estava fazendo com que ficasse calma, controlada, sem raiva no coração. Com o tempo, ele passou a fazer exatamente isso que ela imaginava: voltou a sentar-se em sua cadeira, começou a ler as notícias e passado o prazo de um mês, virou-se para ela, quando ela o questionou se iria embora e ele disse: "Não sei do que está falando. Não seja boba, não saberia viver sem você."

Veja bem: para que o que ela sempre pensava de forma positiva acontecesse, também foi preciso mudança em suas atitudes. Não adianta pensar todo dia que ganhei na *Mega-Sena* se não jogo.

Então, apenas pensar em sua noite de autógrafos, milhares de pessoas na fila, uma editora grande te paparicando, não vai acrescentar muita coisa. Claro, vai ser um incentivo e tanto para que continue a se esforçar (gosto de imaginar isso também, é bom demais). Pense também: você indo para o computador/caderno para escrever, digitando com facilidade por duas horas, tomando um café, digitando mais duas horas, sorrindo ao ler seu texto, escrevendo mais uma parte do roteiro, fazendo uma revisão básica e rápida, vendo algumas capas na Internet para ver aquela que quer, escolhendo uma fonte e um capista, etc.

Foi feita uma análise[4] de 35 estudos com 3.214 participantes que mostrou que a prática mental de se imaginar executando uma tarefa com sucesso, do início ao fim, apenas sentado, tranquilamente em silêncio, melhora muito o desempenho. A prática mental, em geral, produz cerca de dois terços dos benefícios da prática física real. Aja, mas também se imagine agindo.

Veja que imaginou tudo de uma forma muito positiva, mas percebeu vários caminhos para o quais seus sonhos começaram a traçar para se realizar. Cada dia, pode pensar em tudo o que vai construir para chegar lá.

Eu disse ao meu marido que até tal data teria tantos milhares de reais em minha conta. Mentalizei isso diversas vezes por muitos meses. Aos poucos, foi se concretizando pelo fato de que, quando eu ia para o computador, tinha diversas ideias para fazer meu dinheiro render. Meu cérebro se expandiu de forma que eu realizasse meus sonhos.

Mas voltando ao resultado dos grupos — pense no que te impede de escrever. O que te deixa inseguro. Quando começou? Foi na infância? Como lidou com sua primeira crítica negativa? Isso se repetiu? Quais suas reações agora?

Você é tímido? Se sim ou não, procure lembrar-se por quê. O fato é que muitas das nossas atitudes hoje têm a ver com o passado ou alguma ocasião específica.

Fiquei com muito medo de falar em público quando tinha cinco anos e foi um fardo que carreguei por muitos anos. Na minha escola eu teria que declamar uma poesia longa (de cor) para o dia das mães e, antes de entrar no palco, minha professora virou-se para mim e disse: "Cuidado, você não pode

[4] Segundo o livro "Ideias que colam", de Chip e Dan Heath.

errar! Fique preparada." Eu lembro exatamente de tudo — do público, do ginásio, do medo, do tremor. Não errei. Entretanto, nunca mais consegui falar em público. Hoje, ironicamente sou autora, professora, atuei em teatro e sou cantora nas missas.

Claro, vai ter vezes que não será possível fazer o que planeja durante o dia. Como diria *Joseph Climber*[5], "A vida é uma caixinha de surpresas". Aceite e siga em frente. Um dia seu filho vai estar com febre, o cachorro vai destruir um dos seus livros, sua mãe vai pedir para você dar uma passada lá na casa dela, alguém vai clonar seu cartão de crédito (tudo isso aí já aconteceu comigo, inclusive). Aceite. Faz parte da vida e você pode fazer depois; o importante é não se torturar.

CENAS DA SUA HISTÓRIA

Não começo livro algum sem antes ter imaginado umas poucas cenas para minha história. Mesmo que ainda não tenha começado o roteiro, provavelmente já tem alguma ideia dos personagens e do que quer para sua história. Nessas horas, passe alguns minutos imaginando como eles são, o que gostam de fazer e realizando algumas atividades rotineiras. Imagine-os interagindo com outros personagens, em alguma cena empolgante ou dramática.

Uma coisa que ajuda muito também é imaginar o cenário, os motivos que levaram determinado personagem a tomar aquela decisão ou até mesmo cenas que nada tenham a ver com o que colocará no roteiro, como a infância dele, alguma coisa que aconteceu naquele universo com algum personagem aleatório. Isso o ajuda a se aproximar da sua história e a ficar mais íntimo dela.

---

[5] Personagem do ator Welder Rodrigues do grupo teatral *Os Melhores do Mundo.*

Vou pegar, como exemplo, meu livro O Legado do Dragão, o segundo da série que estou escrevendo. Já conheço os personagens, então já sei como irão reagir. Imagino a princesa Missandra cuidando do bebê. Os gritos dele a fazem pensar que não está sendo uma boa mãe e a falta de controle em sua transformação de dragão a está deixando muito irritada. Imagino ela apanhando a criança e colocando-a novamente no berço. Missandra não é de chorar (preste atenção nas atitudes certas do seu personagem), então ela se debruça sobre o berço e estica a mão para a criança, pedindo ajuda. Neste momento percebe que de suas mãos estão surgindo escamas. Ela não pode se transformar assim, não no castelo. Então fecha os olhos e respira: um, dois, três.

Não sei se colocarei essa parte no livro, mas ajudei a mim mesma a tornar minha personagem ainda mais real.

Quando estiver nesta tarefa de imaginar cenas, não se prenda a apenas um personagem. Pense também em diversos outros, até no vilão. O que o motiva? Que atos bons ele já fez? Torne seus personagens mais humanos (ainda que sejam ogros).

AFIRMAÇÕES

Uma excelente prática para sua autoestima. Milionários e homens e mulheres bem-sucedidos no mundo dos negócios fazem isso todos os dias. É uma maneira de acreditar em si mesmo, falando em voz alta o que você é capaz de fazer e vai fazer. As afirmações o ajudam a fixar aquilo no cérebro, a confiar que é plenamente capaz de realizá-lo. Existem muitas afirmações que você pode encontrar pela Internet; esta adaptei do próprio livro de Hal Elrod para que possa usar no seu processo de autoafirmação.

"Eu sou tão digno(a), merecedor(a) e capaz de escrever meus livros e alcançar níveis extraordinários de sucesso como qualquer outra pessoa no mundo e a única coisa que me separa daqueles que já estão no topo do sucesso é meu nível de comprometimento com a escrita. Portanto, a partir deste momento, estou 100% comprometido a tornar-me o escritor que preciso ser através da disciplina e desenvolvimento diários para alcançar os níveis de sucesso que realmente quero e mereço em minha vida.

Eu sei que para alcançar meus objetivos devo estar comprometido com minhas metas de escrita e fazer o que é certo em oposição ao que é fácil em um nível que nunca me comprometi antes. Não irei realizar isso se não me dedicar ao meu aperfeiçoamento da escrita e me comprometo a rever essas afirmações todos os dias para que estejam bem gravadas em minha mente e coração.

Não irei me contentar com a não publicação de meus livros e tenho o dever de levá-los a todas as partes, porque tenho a responsabilidade de viver a vida ao máximo e espalhar os dons que possuo, servindo de exemplo aos que me rodeiam. Não posso esperar o dia ou o ano ideal para poder escrever e publicar meus livros. AGORA é o meu momento.

Compreendo que não poderei sustentar o sucesso a não ser que se baseie na verdade e na integridade, por isso irei respeitar e apoiar meus colegas escritores e não irei difamá-los — meu sucesso independe do sucesso das outras pessoas. Sempre manterei o bem-estar dos outros em mente e irei inspirar muitas pessoas eliminando o ódio, ciúme, inveja, egoísmo, orgulho e cinismo da minha vida. Atitudes negativas nunca me trarão sucesso. Farei com que as pessoas acreditem em mim porque irei acreditar nelas e em mim mesmo(a).

Irei repetir essas afirmações ao menos uma vez por dia, para que influenciem meus pensamentos e ações e para que eu possa me tornar o escritor independente, bem-sucedido e autossuficiente que sei que posso ser." [6]

Claro que pode criar a sua, ou adaptar essa ou fazer frases curtas durante o banho, tais como: "eu tenho muito potencial para ser um grande escritor".

Pesquisadores usaram a ressonância magnética para descobrir que praticar a autoafirmação ativa os centros de recompensa — estriado ventral (VS) e córtex pré-frontal ventromedial (VMPFC) no cérebro. Para simplificar, essas áreas são os mesmos centros de recompensa que respondem a outras experiências prazerosas, como namorar, passar em uma prova ou ganhar um prêmio.

"Muitos estudos mostraram que esses circuitos podem fazer coisas como diminuir a dor e nos ajudar a manter o equilíbrio em face das ameaças."[7] — disse o pesquisador principal Christopher Cascio.

Seis exemplos de evidências[8] de estudos empíricos que sugerem que as práticas de autoafirmação positiva podem ser benéficas:

- As autoafirmações diminuem o estresse de deterioração da saúde (Sherman et al., 2009; Critcher & Dunning, 2015);
- Podem nos ajudar a perceber mensagens de forma "ameaçadora" com menos resistência (Logel & Cohen, 2012);

---

[6] Afirmação adaptada do livro "O Milagre da Manhã", de Hal Elrod.

[7] Fonte: healthshots.com

[8] Fonte — site: positivepsychology.com

- Nos tornam menos propensos a rejeitar mensagens prejudiciais à saúde, com a intenção de mudar para melhor (Harris et al., 2007) e comer mais frutas e vegetais (Epton & Harris, 2008);
- Foram associadas positivamente ao desempenho acadêmico, ao mitigar o declínio do GPA em alunos que se sentem deixados de fora na faculdade (Layous et al., 2017);
- Diminui o estresse e a ruminação (Koole et al., 1999; Weisenfeld et al., 2001).

EXERCÍCIOS FÍSICOS

Certo, estou vendo a enorme careta que fez ao ler esta frase. Ao menos tenho a imaginação fértil e imagino tranquilamente.

O fato é que já — infelizmente — foi comprovado que exercícios físicos estimulam a oxigenação do nosso cérebro e não há como fugir disso.

O exercício afeta o cérebro de várias maneiras. Não só aumenta a frequência cardíaca (que bombeia mais oxigênio para ele), mas também auxilia na liberação de uma infinidade de hormônios, que participam auxiliando e proporcionando um ambiente nutritivo para o crescimento das células cerebrais. Estimula o desenvolvimento do cérebro como crescimento de novas conexões entre as células em uma ampla gama de importantes áreas corticais do cérebro. Uma pesquisa recente da UCLA demonstrou que os exercícios aumentam os fatores de crescimento do cérebro — tornando mais fácil para ele desenvolver novas conexões neuronais.

Um estudo de Estocolmo mostrou que o efeito antidepressivo da corrida também estava associado a um maior crescimento celular no hipocampo, uma área do cérebro responsável pelo aprendizado e pela memória. Oh, droga.

Eu realmente não gosto de academia. Principalmente porque sofro muito de ansiedade e não são raras as ocasiões que sinto falta de ar. No entanto, para não sofrer tanto com esse mal, faço ioga.

A ioga é conhecida por sua capacidade de melhorar a flexibilidade e a força, reduzir o estresse e aumentar a atenção. No entanto, uma nova pesquisa sugere que também pode ter benefícios para o seu cérebro: a ioga não só pode melhorar a função cerebral, mas também pode alterar a estrutura do seu cérebro de algumas maneiras notáveis.

Pesquisadores analisaram 11 estudos anteriores que se concentraram na relação entre a prática de ioga e a saúde do cérebro — publicada na revista Brain Plasticity. Incluíram dois tipos de pesquisa: investigações em que participantes sem experiência em ioga assumiram a prática por um período de 10 a 24 semanas — com marcadores de saúde do cérebro verificados no início e no final do período — e estudos que mediram as diferenças cerebrais entre indivíduos que praticavam ioga regularmente e aqueles que não o faziam.[9]

Os praticantes de ioga mostraram mais volume de massa cinzenta em seus cérebros — o que tem sido associado a uma melhor função mental, principalmente durante o envelhecimento — e mais espessura cortical, outra vantagem quando se trata de estrutura cerebral, uma vez que está ligada a uma inteligência superior.

Concluindo, você não precisa decidir entre exercícios aeróbicos de alta intensidade — que muitas vezes têm sido associados a uma melhor função cerebral — e mais exercícios de baixo impacto e movimentos lentos, como ioga, de acordo

[9] Fonte: tirado de runnersworld.com

com Neha Gothe, Ph.D., co-autora do estudo e diretora do Laboratório de Psicologia do Exercício da Universidade de Illinois em Urbana-Champaign.

Nesse caso, se for sofrer do mesmo mal que eu (ou má vontade mesmo), sugiro que embarque nessa onda.

LEITURA

Como já afirmei, não é possível ser um bom autor sem ser um bom leitor. Como sempre arrumamos uma desculpa de que não temos tempo pra ler, é essencial estabelecer um horário certo e isso não nos atrapalhará mais. A maior parte das pessoas consegue ler uma página a cada dois minutos. Vinte minutos de leitura equivalem a 10 páginas aproximadamente por dia (sem contar que quanto mais ler, mais rápido fica). Então, em 30 dias, você leria um livro de 300 páginas. Incrível, não é?

Seria bom ler livros que possam melhorar sua escrita. Então eu sugeriria os livros *Sobre a Escrita*, de Stephen King, A Jornada do Escritor, de *Christopher Vogler*, e também alguns livros de desenvolvimento pessoal. Audiolivros também são válidos (aliás, muito!), especialmente nas horas em que não tem como fugir da obrigação tal como: lavar louça, limpar banheiro, fazer almoço...

MAS E QUANTO À ESCRITA?

Não coloquei a escrita no mesmo patamar da hora do Milagre do Autor porque com certeza deve existir uma hora apenas para ela (no mínimo). Você pode conduzir seu próprio 'ritual', mas deve se ater a uma rotina. Você até pode não gostar, mas o cérebro é fã de coisas rotineiras. Vamos a elas?

14

A rotina da escrita

As rotinas podem ser caminhos para cumprir metas importantes, o que pode construir um senso de propósito e coragem, que se refere ao engajamento em buscas orientadas a metas e direcionamento na vida. Por exemplo, "a pesquisa que demonstra que os programas comportamentais habituais são controlados por pistas associativas também mostra que, no entanto, os atores percebem esses comportamentos habituais como sendo guiados por seus objetivos" (Neal, Wood, Labrecque, & Lally, 2012).

Crie um hábito a ser desenvolvido todas as manhãs. Se você flui mais à noite, tente começar a fluir mais pela manhã, já que é a hora que as ideias estão mais "frescas". No entanto, se realmente para você à noite é o melhor horário, faça com que se torne frutífero.

Eu instintivamente já ligo o computador quando penso em começar a escrever e nem desci com a cachorra ainda. Isso é normal; quantas vezes você dirigiu de casa até o trabalho sem nem perceber que chegou? Chega a ser meio assustador, na verdade.

TENHA UM HORÁRIO ESPECÍFICO

Quando você tem sua própria hora para trabalhar, seu cérebro se acostuma a realizar as coisas de forma quase automática. Sabe aquelas vezes em que você se lembra de que tem que fazer o almoço e sem perceber já está lá acendendo o fogão ou conferindo ingredientes no armário?

Quando me lembro que tenho que começar a arrumar a casa, já vou separando as coisas da mesa sem nem mesmo ter decidido por onde vou começar (meu cérebro já decidiu por mim). Por isso, o horário do seu processo de escrita deve ser o mesmo, independente de quando suas ideias surjam.

Às vezes elas podem surgir durante o banho, no sono ou até dentro do metrô. Nessas horas, como não é possível escrever, procure anotar suas ideias para que não se percam. No horário apropriado — e de preferência sem interrupções, comece e não pare até que termine. Não escolha o horário do jantar da família ou aquela hora em que provavelmente as crianças vão te chamar para brincar. Avise que não poderá ser interrompido, desligue o celular e qualquer coisa que possa distraí-lo.

Mesmo que não se sinta inspirado, escreva; ainda que vá apagar tudo depois. Com o tempo o seu cérebro irá se habituar a sempre trabalhar naquela hora específica.

ESPAÇO DE TRABALHO ORGANIZADO

Não sei se acontece com você, mas minha vida às vezes se reflete no meu local de trabalho, ou seja, uma bagunça. Até que eu consiga colocar a dita cuja — vida — em ordem, é complicado manter a arrumação das coisas. Nesse caso, defina um local de trabalho. Da mesma forma que o horário, o local exato também inspira na criação. Nele procuro ter o menos possível de objetos. Apenas um moodboard para me inspirar, computador, roteiro na tela e o mínimo de coisas para não me distrair.

Ah, e limpeza é essencial. Assim como o espaço, seu cérebro vai se sentir mais focado.

Quando há excesso de desordem, seja ela física ou digital, o cérebro se distrai. Quando você está organizado, há menos itens concorrentes para seu cérebro se concentrar, e isso o torna mais produtivo! Outros benefícios científicos da organização incluem redução do estresse, melhores hábitos alimentares, melhor sucesso em atingir as metas de condicionamento físico e sono melhor.

Um estudo conduzido pela HLW International LLP descobriu que os níveis de produtividade dos funcionários foram "altamente influenciados" pela limpeza de seu local de trabalho. Quando você pode encontrar o que precisa, quando precisa, está trabalhando com mais eficiência. Organizar seus espaços de trabalho digitais e físicos pode ajudá-lo a ter uma mente limpa e um dia produtivo.[10]

UMA GARRAFA DE ÁGUA, CAFÉ OU CHÁ SEU PRÓPRIO RITUAL

Eu sempre comento que não posso começar a escrever sem antes tomar meu café. E é verdade — sem café, sem trabalho. Também mantenho uma garrafa de água ao meu lado para não ficar me levantando todo o tempo e me manter hidratada. Mas o que mais você pode fazer para dizer à sua mente: "hora de escrever, querida!"?

---

[10] Fonte: https://www.itssimplyplaced.com/organized-workspace/

É normal que você crie seu próprio hábito, desde que seja saudável. Bata palmas três vezes, coloque uma música clássica, um cheiro familiar (eu colocava uma essência de alfazema na hora de estudar para concurso — hoje tenho asco dela), diga frases de autoafirmação, ou faça exercícios de relaxamento.

Não abra nada no seu computador além do que necessita. Nada de e-mails, rede social, não toque no seu telefone. Após escrever sem parar por pelo menos 50 minutos, pode se permitir uma pequena folga de 10 minutos — e somente se não estiver se sentindo mais inspirado naquele momento. Caso esteja, não pare de escrever em hipótese alguma, acostume seu cérebro a trabalhar sem parar.

SE A CRIATIVIDADE FALHAR?

Lembra-se do *Milagre da Manhã* para autores que você praticou antes de de começar a escrever? Está na hora de recordar-se dele. Se, por alguma razão, seu cérebro não consegue continuar a cena a partir dali ou não tem ideia de como continuar o capítulo, feche os olhos e volte à parte de cinco minutos em que você pensou em "cenas da história". Pegue algumas delas e as descreva, mesmo que não tenha intenção alguma de colocar na história. Isso vai impulsionar seu cérebro a desenvolver algo que você já imaginou. Se achar que não tem jeito de encaixá-la, não importa. Nesse tempo que passou escrevendo, o *boost* inicial já foi feito e agora as ideias fluirão melhor.

Também há a possibilidade de voltar duas a três páginas para trás e as reler, para que consiga voltar ao ritmo da história.

15

Como treinar a criatividade

Assim como o corpo, o cérebro é um músculo e ele pode ser treinado.

Como treinar criatividade? Será que é possível treinar o cérebro para ser criativo? Com prazer que digo que sim! Vou mostrar para você algumas coisas que utilizo para treinar a minha e tenho certeza que vai te ajudar também!

O QUE É CRIATIVIDADE, AFINAL?

Criatividade é a capacidade de criar ou inventar. Ao contrário do que muitos pensam, a criatividade não é um dom. Ela pode ser treinada, desenvolvida e aperfeiçoada; e é conhecida por muitos como inovação. Você pode até pensar: num mundo com tantos bilhões de pessoas e tantas novas tecnologias, como é possível ainda criar algo completamente novo?

Antes de mais nada, saiba que criatividade também é inovar, tornar algo que já existe ainda melhor ou reinventar! Uma vez que já entendemos, vamos treinar a criatividade?

MAS O QUE GERA A CRIATIVIDADE?

Segundo o livro *DNA do Inovador: dominando as 5 habilidades dos inovadores de ruptura*, ela é composta por cinco elementos: associação, questionamento, observação, networking e experimentação. Primeiramente, vamos ver o que são:

Associação: conexão de duas coisas, quando você associa coisas completamente opostas.

Questionamento: é importante se perguntar o porquê das coisas, o como. Por exemplo, podemos citar Thomas Edison e Leonardo da Vinci, uma vez que sempre se perguntavam sobre como funcionavam as coisas ou como melhorá-las.

Observação: observe o mundo ao seu redor. Por exemplo, você faz o almoço. Já é automático. Mas ele está da mesma cor que o arroz dos outros dias? Quanto de sal colocou desta vez? Caminhou hoje? Fez quantos quilômetros (ou metros, talvez)?

Networking: Você faz contato com outras pessoas? Procure sempre se relacionar, estabelecer contatos, se abrir a novas oportunidades, uma vez que sua mente vai se expandir com conhecimento.

Experimentação: Experimentar novas coisas traz novas experiências e incrementa suas ideias. Que tal colocar um pouco de mel no peixe? Ficou bom? Mas e se misturar com algum condimento? Não precisa começar com algo complicado. Ou você pode dormir mais horas à noite ou menos horas para ver sua produtividade no dia seguinte!

13 PASSOS PARA DESENVOLVER E TREINAR SUA CRIATIVIDADE

❶ **Faça algo diferente da rotina:** Pode ser qualquer coisa, desde escovar o cabelo usando a mão esquerda ou pegar um caminho diferente para ir ao trabalho, desde que não chegue atrasado, né?

❷ **Fazer algo criativo que você goste:** Que tal fazer um curso sobre algo inusitado, como velas, por exemplo? Ou talvez marketing digital? Tocar violão? Brincar com seu cachorro? Ver uma série nova? Reserve um tempo para fazer isso, embora seja bom variar sempre.

❸ **Dê pausas:** se estiver trabalhando, faça uma interrupção em um tempo determinado quando sentir que não está fluindo bem a fim de oxigenar o cérebro. No entanto, evite interromper seu trabalho todo o tempo. Se estiver indo bem, não pare.

❹ **Use a técnica do "E se?"**: pense em alguma coisa que poderia acontecer de diferente. Por exemplo: e se Branca de Neve na verdade fosse má? E se você descobrisse que tem o poder de voar? Como faria? Aliás, você pode até ir mais além e fazer um roteiro de brincadeira.

❺ **Se atualize:** Mantenha-se constantemente informado. Principalmente: leia muito. MUITO. De preferência, coisas interessantes e imaginativas, a não ser que goste de escrever sobre desgraça ou terror.

❻ **Mantenha-se organizado:** Afinal, com tudo organizado, você vai conseguir encontrar as coisas mais fácil, ganhar tempo e sentir o ambiente livre.

❼ **Conheça mais coisas:** pessoas, lugares, livros, cursos. Mudar de ares ajuda, uma vez que está em outro ambiente.

❽ **Veja o que pessoas criativas fazem:** siga pessoas que você admira por suas inovações e criatividade e siga-as diariamente. Ultimamente as pessoas estão super imaginativas, entretanto, não as copie. Reinvente-se.

❾ **Procure por desafios na internet:** pode ser uma charada, um desafio, o que for. No entanto, tem que fazer você pensar sobre ela por uns 10 minutos a uma hora. Depois, leia a resposta.

❿ **Anote tudo:** eu tenho vários caderninhos espalhados pela casa. Anoto tudo o que posso achar interessante — um pensamento, uma ideia, um sonho, até propagandas. Como resultado, sempre vai ter algo novo que você pode achar quando ler.

⓫ **Fique descansado:** não adianta fazer o Milagre da Manhã — acordar 5h -, mas ir dormir às 0h. E se sentir durante o dia que está muito cansado, pare. Isso diminui sua produtividade e consequentemente sua criatividade.

⓬ **Pegue fotos aleatórias na Internet e tente criar uma história com elas.** Ou então veja pessoas nas ruas (cuidado para não causar nenhum constrangimento!) e fique imaginado uma vida para elas, o que houve, porque estão aqui. É interessante como as coisas começam a fluir naturalmente.

⓭ **Faça perguntas do "porquê" para si mesmo:** por exemplo — amo ler. Por quê? Porque me sinto bem. Por que se sente bem? Porque me faz viajar para outros mundos. Por que faz com que viaje para outros mundos? Porque me faz pensar em outras vidas que não a minha. Você gosta de pensar em outras vidas além da sua? Por quê? E por aí vai. Além do que, é uma ótima ferramenta de conhecimento interior.

Nosso cérebro é um músculo, como qualquer outro, e já foi comprovado que novos neurônios se formam mesmo na velhice. Não sei se está familiarizado com a história de Jill Taylor, mas a história dela sempre me motivou a acreditar no potencial incrível que nosso cérebro tem de se regenerar.

Jill Taylor era uma neuroanatomista formada em Harvard, que dava aulas e incentivava as pessoas a doarem seus cérebros após a morte para pesquisas. Aos 37 anos, um coágulo do tamanho de uma bola de tênis se formou em seu cérebro. Por quatro horas, todas as habilidades — andar, falar, ler, escrever — foram se deteriorando na sua frente. Não sabia mais onde começava ou terminava seu corpo. Ela estava sozinha em casa quando sofreu um derrame no hemisfério esquerdo de seu cérebro — o lado racional.

Não entendia mais padrões, delimitar o espaço ou construir formas simples. Ela descreve tudo detalhadamente em seu livro: *A cientista que curou seu próprio cérebro*. Ela se esforçava muito todos os dias, com muitas dificuldades. Para montar um quebra-cabeças infantil de 12 peças, precisava relembrar o que era cantos e cores. Cada exercício que fazia deixava-a tão exausta que precisava dormir seis horas sem parar e ficar apenas 20 minutos acordada. Era dificílimo conversar com as pessoas e tentar entendê-las, o que a deixava ainda mais cansada. Demorou cerca de oito anos, mas se recuperou de tal modo que voltou a lecionar.

O cérebro é um músculo surpreendente e você não deve ignorá-lo. Por isso, não pense que não tem criatividade; pode desenvolvê-la facilmente com técnicas e muita prática!

Nosso cérebro é um músculo como qualquer outro, e já foi comprovado que novos neurônios se formam mesmo na velhice. Não sei se está familiarizado com a história de Jill Taylor, mas a história dela sempre me motivou a acreditar no potencial incrível que nosso cérebro tem de se regenerar.

Jill Taylor era uma neuroanatomista formada em Harvard, que dava aulas e incentivava as pessoas a doarem seus cérebros após a morte para pesquisas. Aos 37 anos, um coágulo do tamanho de uma bola de tênis se formou em seu cérebro. Por quatro horas, todas as habilidades — andar, falar, ler, escrever — foram se deteriorando à sua frente. Não sabia mais onde começava ou terminava seu corpo. Jill estava sozinha em casa quando sofreu um derrame no hemisfério esquerdo de seu cérebro — o lado racional.

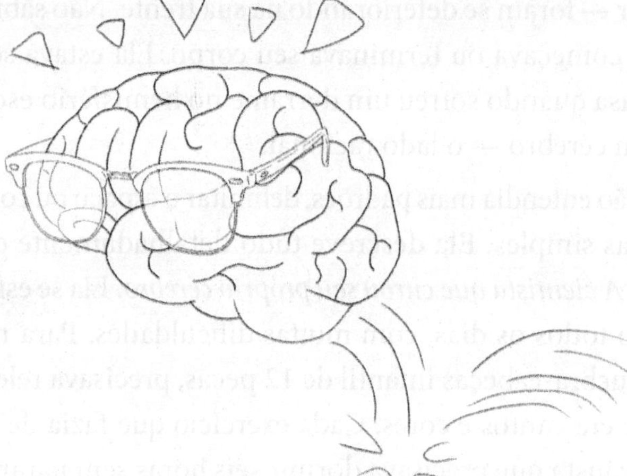

Não entendia mais palavras, demorava a [illegible] construir formas simples. Ela descreve tudo detalhadamente em seu livro *A cientista que curou seu próprio cérebro*. Ela se esforçava muito todos os dias, com muitas dificuldades. Para montar um quebra-cabeças infantil de 12 peças, precisava relembrar o que eram cantos e bordas. Cada exercício que fazia deixava a tão exausta que precisava dormir seis horas seguidas para ficar apenas 20 minutos acordada. Era difícil conversar com as pessoas e tentar entendê-las, o que a deixava ainda mais cansada. Demorou cerca de oito anos, mas se recuperou de tal modo que voltou a lecionar.

O cérebro é um músculo surpreendente e você não deve ignorá-lo. Por isso, não pense que não tem criatividade; pode desenvolvê-la facilmente com técnicas e muita prática!

16

Como vencer a página em branco

É muito bom já ter uma ideia de um roteiro, saber o que vai acontecer, planejar o final, saber de cor todas as características dos personagens, mas quando abrir o word/caderno/plataforma de escrita... pufff! As ideias se foram e você não sabe como começar. Alguns acabam dizendo que a inspiração se foi. Na verdade, ela está lá, só esperando um empurrãozinho. Aprendeu sobre inércia na escola, não foi? A energia potencial pronta para ser colocada em ação. Com seu livro, não é diferente. Por mais difícil que seja começar, só precisa pegar o embalo e transformar em energia cinética. De quanta força precisa?

Lembre-se do *Milagre da Manhã* para autores que expliquei. Se praticar com frequência, dificilmente haverá páginas em branco à sua frente. Quando criamos confiança, nossa mente reage de acordo. Imaginando cenas e fazendo afirmações, sua coragem vai sobrepujar o medo e nada mais vai pará-lo.

Antes de mais nada, lembre-se que a página em branco é uma página ávida para ouvir suas ideias. Talvez estejam desordenadas, a princípio, mas com o tempo, você as colocará em ordem porque terá habilidade para isso. Por isso, pratique sempre.

Tem maneiras fáceis de você vencer essa página em branco.

1 ESCREVA O ROTEIRO DO SEU LIVRO PRIMEIRO! Se tiver alguma ideia de como começar, ótimo, anote também! Mas não escreva o livro ainda! Conforme você for desenvolvendo é bem possível que queira mudar (acontece comigo sempre)! Coloque em capítulos com uma frase cada para poder se programar e saber o que vai acontecer em cada etapa. Já mostrei antes, então vou deixar isso aqui como fixação;

2 PENSE NOS SEUS PERSONAGENS E NO SEU MUNDO Sim, pense neles, imagine-os. Não basta criar; veja o mundo que está começando a se formar. Imagine-os interagindo, comendo, andando, pagando mico, sonhando. Faça isso lavando louça, tomando banho, antes de pegar no sono. Procure imaginá-los quando você estiver fazendo tarefas corriqueiras como lavar louça ou tomando banho e deixe a mente vagar.

3 COMECE A PENSAR EM CENAS Pense dessa forma: seu personagem vai encontrar o amor da sua vida/ o dragão/ o CEO/ a sua mãe. Como ele vai reagir? Já imaginou a cena? Tem que imaginar o suficiente para que quando começar a escrever, seja como se você estivesse vendo ou na pele do personagem. Descreva o que está havendo para alguém de fora. Onde estão? O que está acontecendo? O que estão dizendo?

Pegue uma cena bem legal dessas que você imaginou. Imagine uma frase de impacto para começar.

4 **PENSE NA PRIMEIRA IMPRESSÃO**

Aquela frase "A primeira impressão é a que fica" é muito verdadeira. Imagine que hoje à noite você vai conhecer o namorado da sua prima. Quando vai ao mercado, você percebe um garoto desarrumado, brigão e escandaloso, gritando com alguém na fila. Não bastasse isso, ainda está arrotando e xingando os passantes. Você tenta deixar para lá e ignorar a cena. À noite, sua prima vai na sua casa e apresenta o namorado e você descobre: é ele, aquele cara chato do mercado. Agora ele está arrumado, cheiroso e gentil. Você vai esquecer a cena de antes? Difícil, né?

Quando começar o livro, pense em alguma cena impactante que tenha a ver com o resto da sua história. De preferência, comece com o clima da sua história: comédia, suspense, terror, drama, romance.

5 **NÃO TENHA MEDO DE MUDAR**

Não se preocupe se resolver mudar a cena do começo. Pode acrescentar, tirar. Se coloque no lugar do leitor. É suficientemente boa para prender ele desde o início? Consegue manter o ritmo? Se não, o que acha de dar uma mexidinha?

6 **ESCREVA DIVERSAS CENAS ALEATÓRIAS.**

Pode ser do meio, do fim, do começo. Escreva-as sem precisar ser uma sequência. Assim sua mente vai se expandindo para ir adiante.

7 LEIA AS PRIMEIRAS PÁGINAS, ESPECIALMENTE OS PRIMEIROS PARÁGRAFOS DOS LIVROS QUE GOSTA OU SÃO BEM VISTOS PELA MÍDIA.

Não é difícil, basta entrar na Amazon — muitos livros te dão a opção de ler os primeiros capítulos. O primeiro parágrafo do seu livro deve ser impactante ou chamar a atenção. Quanto mais ler, mais terá ideias de como fazer com o seu.

Contudo, se o bloqueio ainda persistir, pegue uma folha em branco qualquer e escreva algumas frases que vai querer ou imagina colocar em sua história. Depois que o papel estiver cheio, selecione a que mais agrada e pense em como começar o livro a partir dali.

O LEITOR NÃO É TAPADO

É uma frase agressiva, eu sei, mas vou explicar melhor. O fato é que não precisamos explicar cada detalhe da cena em questão. Por exemplo, se a mulher viu o marido com outra, não precisa descrever que ela ficou com raiva. Descreva a expressão no rosto dela e suas ações para se fazer entender. Ou, por exemplo, a menina era cega e com um milagre voltou a enxergar. Descreva-a olhando para um pôr do sol enquanto lágrimas sinuosas escorrem pela sua face sem cessar. Já deu para perceber que a moça está emocionada, certo? Seu leitor é inteligente; não precisa enfatizar as emoções.

Quando for descrever uma pessoa, não precisa dizer: era uma menina loira, de olhos azuis, trajando um vestido azul escuro e pele clara. Diga que: enquanto corria com seus cabelos encaracolados brilhando com a cor do sol, seus olhos refletiam o azul do céu, assim como suas vestes esvoaçantes, não ofuscando, de modo algum, sua palidez de anos fechada em casa.

O fato é que quando você explica a piada, ela perde a graça, certo? Se por acaso descrever a emoção do personagem, fica muito automático para o leitor. Deixe que ele invoque a sensação da cena para si mesmo. Se ela tremia enquanto corria na direção do pai, explique o ambiente e a situação, para que o leitor compreenda se foi de frio, medo ou pura emoção. Faça com que ele viva a cena.

Os melhores professores de história que tive na vida foram aqueles que, na sala de aula, imitavam as figuras do livro. Até hoje me lembro quando um deles imitou o rei Henrique, Napoleão e um camponês. Dizer que chorei de rir é pouco. O fato é que não precisei estudar para tirar um 10. Ele não me mandou ler um capítulo e fazer uma resenha. A mensagem foi clara, sucinta e adoravelmente divertida. Então, lembre-se: simplicidade e clareza são mais que suficientes para seu leitor entender.

Os autores best-seller sabem disso. Se fizer seu leitor sentir-se como o personagem, pode sorrir para si mesmo: você já é um sucesso.

não ofuscando, de modo algum, sua palidez de anos fechada em casa.

O fato é que quando você explica a piada, ela perde a graça, certo? Se por acaso descrever a emoção do personagem, fica muito automático para o leitor. Deixe que ele invoque a sensação da cena para si mesmo. Se ela tremia enquanto corria na direção do pai, explique o ambiente e a situação, para que o leitor compreenda se foi de frio, medo ou pura emoção. Faça com que ele viva a cena.

Os melhores professores de história que tive na vida foram aqueles que, na sala de aula, imitavam as figuras do livro. Até hoje me lembro quando um deles imitou o rei Henrique V, Napoleão e um camponês. Dizer que eu deveria ler é pouco. O fato é que não precisei estudar para tirar um 10. Ele não me mandou ler um capítulo e fazer uma resenha. A mensagem foi clara, sucinta e altamente divertida. Então, lembre-se: simplicidade e clareza são mais que suficientes para seu leitor entender.

Os autores best-seller sabem disso. Se fizer seu leitor sentir-se um dos personagens, pode [illegible] você já é um sucesso.

Dicas valiosas para a escrita

Meio brega, mas vamos manter esse título do jeito que está.

Ao longo dos meus 22 anos como escritora, desenvolvi uma série de métodos para não me deixar ter um branco na hora de escrever. Se seguir essas técnicas, vai facilitar muito na hora. Anote aí:

1 PENSE BEM NA HISTÓRIA ANTES

Teve uma ideia de uma fada que quer ser professora ou uma mulher que encontra um CEO bonitão? Pense em um começo, um clímax e um possível final (pode mudar depois). POR QUE ela quer ser professora? POR QUE ela quer trabalhar com o CEO?

2 DESENVOLVA BEM SEUS PERSONAGENS

Não se faz uma boa história sem personagens cativantes. E mais ainda, não faça personagens perfeitos. Eles podem errar, ter medo, se sentir acuados, perder a paciência. Faça-os humanos, porque assim seu leitor irá se identificar.

3 ELABORE UM MOODBOARD

É mais conhecido no mundo artístico, mas muitos se utilizam dessa técnica como fonte de inspiração — e é extremamente válida. Consiste em pegar várias imagens de paisagens, ilustrações e pessoas — imagine sua história em um mundo real — e colocá-las em uma espécie de mural para não fugir do assunto e tentar entender como funciona o mundo de sua história.

4 ELABORE UM PEQUENO ROTEIRO

Isso não é a sinopse. Essa parte é apenas para você se estruturar — ou começar a estrutura. Você vai descrever exatamente como vai ser sua história — somente para você. Exemplo:

"Lili é uma fada que um dia entra na escola e percebe que há várias crianças lá. Como ama crianças — a ponto de quase querer ser uma delas — , percebe que a mulher na frente do quadro é o centro da atenção delas (a professora) e decide que quer se tornar uma. Usando de seus poderes mágicos, consegue inventar um currículo e ganha o emprego. Só que Lili não sabia que ser professora era complicado e nem que lidar com crianças era tão difícil e tenta usar poderes mágicos para controlá-las. O zelador percebe e filma Lili e mostra na direção. O vídeo vai parar na Internet. Lili confessa ser uma fada e volta para sua floresta. As crianças vão atrás dela para ter aulas com uma fada de verdade."

Veja que a única coisa que fiz foi contar a história toda como está em minha cabeça. Agora vou começar a separar a estrutura.

5 FAÇA UM ROTEIRO COM POUCAS FRASES

Neste roteiro, procure separar os capítulos de sua história com frases curtas (também chamado de "beats de capítulo"). Com certeza isso vai facilitar muito na hora de escrever. Vou dar um exemplo:

Capítulo 1

Lili passeando na floresta carregando frutas e ao pegar uma fruta na árvore percebe que chegou perto demais de uma cidade humana.

Capítulo 2

Lili vê uma estranha construção e percebe que ela está cheia de crianças. Faz de tudo para entrar.

Capítulo 3

Lili descobre que é uma escola e decide se tornar professora.

Capítulo 4

Lili forja um currículo para poder entrar.

Percebeu? Essa estrutura vai permitir que possa desenvolver os capítulos circulando cada premissa e não vai se perder com facilidade. Claro que eles podem mudar na sua mente depois, e é muito provável que aconteça. Não há problema algum, é só atualizar cada vez que algo novo for entrar na história. De repente, você decide que não será o zelador que irá descobrir a Lili, e sim a Rainha das Fadas. Mude conforme suas ideias forem surgindo, mas não se esqueça de atualizar as partes acima.

6 FAÇA PEQUENOS PARÁGRAFOS DENTRO DOS CAPÍTULOS

Agora que você já separou cada ação, fica mais fácil decidir essa parte; no entanto, não precisa terminar tudo de uma vez — nem deve. Tomando como exemplo os capítulos acima:

Capítulo 1

Lili passeando na floresta carregando frutas e ao pegar uma fruta na árvore percebe que chegou perto demais de uma cidade humana.

Ela vê crianças carregando mochilas e percebe que levam lanches também. Lili acaba se aproximando o suficiente para tentar pegar um sanduíche e acaba caindo dentro de uma lancheira. Tem que seguir com a criança até poder sair sem ser vista, faz um buraco e sai.

Capítulo 2

Lili vê uma estranha construção e percebe que ela está cheia de crianças. Faz de tudo para entrar. Vê a criança da qual roubou o lanche antes e lembra que fez um pequeno buraco para poder sair. Resolve arriscar voltar lá para dentro. Esconde-se atrás dos carros e pouco a pouco vai se aproximando até conseguir. Uma criança a vê, mas ela faz de conta que é uma boneca de corda.

Capítulo 3

Lili descobre que é uma escola e decide se tornar professora.

Ela coloca a cabeça para fora e se vê cercada de crianças. Ela tem medo, mas fica encantada em ver como estão todas prestando atenção em uma mulher na frente da sala. Decide que quer ser como ela. Presta bastante atenção na aula e faz anotações no caderno da criança dentro da mochila. Procura se lembrar de uma magia para poder descobrir como fazer.

Não é bom escrever todos os capítulos a princípio para deixar sua imaginação correr solta. Pode ser que, ao invés de Lili arrumar um currículo, ela pode fazer amizade com a professora ou até mesmo prendê-la em um porão. Veja que isso deixa sua mente aberta para inúmeras possibilidades.

7 QUANDO ESTIVER ESCREVENDO, PARE NA AÇÃO

Às vezes temos que parar na história porque precisamos fazer outra coisa — bem, ninguém escreve para sempre, pode dar tendinite também (ou fazê-lo ser despedido se chegar atrasado). Para que não corra o risco de travar na história quando sentar para continuar, pare a cena na ação — é uma técnica que eu uso. Facilitou muito na hora em que eu estava escrevendo o livro O Legado do Dragão — Missandra estava em uma clareira com Lantis, conversando a respeito de ter mentido para o rei. Eu precisava sair para trabalhar e não podia continuar a história. Então terminei mais ou menos dessa forma: "Enquanto falava, uma pontada angustiante subiu do pescoço à cabeça de Missandra e sentiu-se suspensa no ar, para desespero de Lantis. Ela fora capturada por uma imensa harpia."

Mesmo depois de ter parado de escrever, minha mente continuou funcionando a todo o vapor o dia todo, e quando sentei-me para continuar, eu praticamente já estava batendo no teclado com fúria. Se tivesse parado na hora da conversa, seria bem possível ficar sem saber o que fazer a partir de então.

8 ANOTE PEQUENOS DETALHES QUE SERÃO IMPORTANTES NO FUTURO

Por exemplo, uma frase que alguém falou em algum momento aleatório; o bicho de pelúcia que o filho gosta e deu para o colega; uma caixinha que alguém recebeu e ainda não abriu.

Dessa última, eu tenho uma história engraçada. No meu livro "Quem precisa de heróis?", a personagem principal, Sephira, recebe uma estranha caixinha de um sábio para que a abrisse em uma hora de extremo desespero ou de extrema alegria. Ela deu de ombros e colocou-a no bolso. Resultado: Terminei o livro sem jamais ter feito Sephira abrir a dita cuja (insira um tapa na testa aqui). Claro. Precisei voltar o livro todo e inserir um capítulo na história para que enfim Sephira pudesse abrir a tal caixinha.

Hoje já destaco algo que será importante no texto em um arquivo à parte: quem disse, quando disse, o que disse; o que recebeu, quando, de quem e por quê, etc.

9 EVITE PALAVRAS CHULAS

Por exemplo: Ela viu um homem pelado. Estranho, né? Não seria melhor utilizar: Ela viu um homem nu? Esse é um dos motivos porque é tão necessário que se leia muito; as palavras vão surgindo para substituir outras como essas. Mas pense no gênero de sua literatura: se escreve *hot*, é bom procurar ler outros livros do gênero para que possa compreender como usar as palavras de maneira a não soar vulgar, por exemplo.

10 MANTENHA-SE NO SEU GÊNERO

Uma vez li um livro meio bobinho sobre uma menina que viu um fantasma. Nada contra, mesmo porque o livro era uma história infanto-juvenil e amo demais. Só que ao final da história, assim que ela ajuda o fantasma, a autora revela com detalhes uma cena de sexo explícito entre eles. Fiquei completamente perdida e me recusei a fazer a resenha do livro. Como vou explicar ao meu público? "É um livro para adolescentes, mas ao chegar mais para o final, por favor, dê para um adulto continuar a leitura?" Se seu livro é para crianças, mantenha-o assim, se é de terror, idem, para não confundir seu público.

11 PRESTE ATENÇÃO NA IDADE DOS SEUS PERSONAGENS

Recentemente li um livro em que o garotinho de sete anos falava com a mãe dessa forma: "Mamãe, cadê papai? Papai está dormindo? Ele está dodói, mamãe? Vou dar um beijinho para ele sarar." Eu dou aula para crianças de sete anos. Se algum deles falasse dessa forma, com certeza seria zoado pelo resto da turma.

Já fui criticada uma vez por um revisor que dizia que minha personagem Jéssica, da Caçadora, não agia como uma mulher de trinta anos. Eu dei risada por dois motivos: 1 — é um livro de comédia, que serve para zoar clichês de vampiro que sempre são jovens adolescentes se apaixonando; 2 — eu tinha trinta anos e agia exatamente daquela maneira (fiquei até ofendida). Sempre tive uma maneira meio infantil de ser e é com essa mesma personalidade que cheguei aos 40.

O que você tem que fazer é procurar pessoas da idade do seu personagem para ver se encaixam naquele perfil. Se as conhece, por mais que deturpe um pouco, não fugirá do padrão.

12 SAIBA A HORA DE USAR FRASES LONGAS OU CURTAS

O tamanho não é necessariamente ruim. Você deve prestar atenção essencialmente em duas coisas: o tempo da ação. Vamos comparar essas duas frases:

"Ela correu até o carro, girou a chave na ignição e disparou a toda pela rua, só desviando de tempos em tempos de um gato ou um animalzinho que atravessava sem cuidado de uma calçada à outra."

Agora vamos dar pausas:

"Ela correu até o carro. Girou a chave na ignição. Disparou a toda pela rua, só desviando de tempos em tempos. Um gato ou um animalzinho atravessava sem cuidado de uma calçada à outra."

Percebe que em ambos criei uma atmosfera diferente? Ambas estão certas, mas note que, na primeira, a ação está mais dinâmica. Na segunda, como está pausada, parece que ela está fazendo as coisas um pouco mais devagar. Não está errado, dependendo da sensação que queira causar.

Agora veja essa parte:

"Ela não podia acreditar em seus olhos quando viu o marido nos braços da amiga que sempre a apoiara, que sempre esteve lá para ela. Arfou e partiu para cima da traidora aos gritos, reagindo exageradamente ao ver o que estava óbvio diante de si; fora traída duas vezes. A amiga percebeu, e tentou pará-la quando notou a mulher de Ricardo partir a toda em sua direção com uma faca de cozinha na mão e pronta para cortar ambos em pedaços."

Agora perceba como a tensão aumenta aqui:

"Ela não podia acreditar em seus olhos. Seu marido, nos braços de outra e justo dela. Aquela, que sempre a apoiara. A amiga que sempre estivera ali quando precisava. Arfou. Percebeu uma faca de cozinha na bancada. Agarrou-a com força.

Partiu para cima dos dois aos gritos. Era óbvio: havia sido traída duas vezes. A amiga percebeu. Tentou pará-la ao notar a arma em sua mão. A traída estava pronta para cortar ambos em pedaços."

Perceba como uma simples colocação de pontuação pode modificar o ritmo do texto. Quando desejar causar uma cena dinâmica, deixe a frase um pouco mais longa. Quando desejar causar tensão, corte-a em pequenas cenas. Mas evite os excessos. Veja como fica ruim:

"Ela correu até o carro, mal colocou o cinto e girou a chave na ignição, disparando a toda pela rua, parou em frente à casa dele, pulou do carro correndo para a calçada, arrombou a porta e o pegou no flagra."

Informação demais! E veja essa:

"Ela correu. Até o carro. Colocou o cinto. Girou a chave na ignição. Disparou a toda pela rua. Parou em frente à casa dele. Pulou do carro correndo. Arrombou a porta. E o pegou. No flagra."

Muita ação interrompida. Frases longas ou curtas é que nem beber álcool. Use com moderação.

13 ABUSE DAS EMOÇÕES

Veja bem, alguns autores exageram nas emoções, especialmente em livros de drama e é exatamente por isso que fazem sucesso. Sabe quando vai fazer um passeio de buggy e o condutor pergunta: "Com emoção ou sem emoção?"

Vou dar um exemplo de como funciona:

"Ele colocou a mão nela. Não havia dúvida de que estava morta. Sua amiga havia partido desta para melhor e infelizmente ele não havia chegado a tempo."

Vamos colocar um pouquinho de drama na cena?

"Trêmulo, ele colocou a mão sobre a dela. Fria como sua alma naquele momento. Sua boca estava seca, o cheiro do hospital invadindo suas narinas, os olhos ardiam. Sua amiga havia partido desta para melhor. O médico disse alguma coisa, mas ele não conseguia ouvir. Tudo que podia sentir era que provavelmente ela gritara por ajuda, mas ele não estava lá. Infelizmente, constatou horrorizado, não havia chegado a tempo."

Triste, não? Sentiu os olhos encherem d'água? Não? E que tal assim?

"Um arrepio subiu pela sua espinha. Ela jazia deitada no escuro. Colocou a mão sobre a dela. Fria. Gelada. Devia estar morta há algum tempo. No entanto, a casa ainda estava fechada.

Sua boca ficou subitamente seca. Quem quer que estivesse lá, não havia terminado o serviço, pois não saíra. Seus olhos ardiam, suas sensações se confundiam. Dor? Medo? Raiva? Não conseguia parar de tremer. Sua amiga havia partido desta para melhor, e infelizmente não chegara a tempo. E, julgando pelo odor acre que emanava da cozinha naquele momento, percebeu com horror que em breve se juntaria a ela."

O drama pulou para um suspense, apenas baseado nas emoções do personagem. Procure explorar todos os sentidos: audição, visão, tato, olfato e paladar. Claro, não exagere. O fato é que, se conseguir passar perfeitamente o que o personagem está sentindo, o leitor sentirá com ele. Já li livros em que o personagem não me convencia e não consegui me apegar à cena. Trabalhe muito bem isso!

14 CUIDADO COM USO DE PALAVRAS REPETIDAS

É normal que isso aconteça, porque quando estamos escrevendo, só nos preocupamos em explicar a cena ou descrevê-la da melhor maneira possível. As palavras que estão em nossa cabeça e conforme nos comunicamos são as que aparecem primeiro e não há nada de errado nisso. O que costumo fazer é primeiro escrever, e depois revisar, bem mais para o final.

Na fala, não percebemos e nem notamos que estamos nos repetindo e provavelmente a pessoa com quem se está falando também não. Quantas vezes dizemos: "Então, acredita que ela falou que ele falou para falar pro amigo dele que ninguém tinha dito nada por causa do que aconteceu?"

Para o amigo com quem estamos conversando não há nada demais; o importante é passar a mensagem. Também seria estranho falar com seu amigo desta maneira:

"Você consegue acreditar que ela me informou de que o seu amigo pediu-lhe para que comunicasse ao colega dele que nada foi dito a respeito do acontecido?"

Além de parecer um pouco confuso, quando usamos palavras rebuscadas, a pessoa começa a te achar um esnobe, não é mesmo?

Então, vamos dar uma olhada no texto repetitivo abaixo.

"Ele estava correndo e não percebeu que ela também estava correndo na direção dele. Ele não viu que ela estava com os olhos cheios de água também e não percebeu que ela estava segurando um pequeno embrulho na mão. Era o embrulho que ele dera a ela antes de viajar."

Vamos usar de alguns sinônimos e modificar um pouco as frases?

"Ele estava correndo e não percebeu que ela fazia o mesmo em sua direção. Os olhos da jovem estavam cheios d'água, entretanto ele não notou, assim como o pequeno embrulho que segurava. Foi o que lhe dera antes de viajar."

Ainda não é o ideal; podemos usar palavras melhores, colocar um pouco de emoção em algumas partes, mas deu para ter uma ideia, não acha? O ruim é que, muitas vezes, estamos tão acostumados com o texto que não percebemos mais as palavras. Nessas horas, é essencial a presença de um revisor. Quantas vezes notei erros nos meus livros publicados; problemas que eu jamais teria deixado passar se tivesse prestado um pouquinho mais de atenção.

15 CORTE PARTES DESNECESSÁRIAS

Vou ser sincera. Houve vários livros que li que dava para terem cortado pelo menos uns cinco capítulos e enxugar tanto que, ao invés de 300 páginas, teria sobrado só 100.

A menina brigou com o namorado. Nenhum problema descrever que ela saiu para desanuviar a cabeça e fazer algumas compras. Certo, entrou em algumas lojas. No entanto, a partir daí, descrever minuciosamente cada sapato que experimentou, cada detalhe dos vestidos que comprou ou que parou para comer um sanduíche na lanchonete e voltou para casa, é perda de tempo — do personagem e do leitor.

Se for escrever tudo isso, considere, por exemplo, que ela ficou pensando em momentos da briga enquanto experimentava as roupas, ou que tal e tal sapatos lembravam aquela vez em que foi à casa da sogra ou que comendo o sanduíche teve uma visão do rapaz atravessando a rua ou que algum daqueles vestidos, no futuro, seja igual ao que a menina que ele estava olhando outro dia acabou usando em uma festa ou coisa assim. Ou seja, algum detalhe que seja importante ao aparecer mais para frente. Não "encha linguiça" para dar mais páginas ou as pessoas vão achar sua obra entediante.

18

Busque a quem ~~plagiar~~ se inspirar

Uma das coisas que não canso de repetir: não me incomodo com um autor que escreve mal. O que me incomoda é alguém achar que é um por copiar a obra de alguém. Triste ouvir: "ah, copiar alguns trechos tudo bem." Não, não está. A pessoa teve a ideia. Muitas fãs disseram para mim que estavam me homenageando escrevendo livros usando minhas ideias como inspiração.

Teve vários trechos — até livros com o mesmo nome! — das minhas histórias nas obras delas. Algumas chegaram a ganhar prêmios literários. O que fizeram não foi um ato de carinho e, sim, um plágio descarado em forma de homenagem.

O que é realmente demonstrar apreço pela obra? É comentar a respeito do livro, falar dele para os amigos, até escrever fanfics — obras se utilizando dos personagens, mas dando crédito para o autor. Amo demais isso; cheguei a publicar algumas nas minhas redes sociais, como o dia em que Jessi anuncia que está grávida.

Quando você copia algo, independente do autor ser nacional ou estrangeiro, está não só cometendo um crime, como gritando ao mundo inteiro que não se esforça para ter talento, que precisa de alguém para imaginar e criar por você.

Qual a diferença entre plágio e inspiração? Vou dar um exemplo:

Uma menina usou a Caçadora e colocou nomes diferentes nos personagens, mas manteve a história — plágio. Uma menina usou a Caçadora e resolveu escrever uma história sobre vampiros caçadores — inspiração.

Alguém usou a Caçadora e escreveu uma história sobre uma caçadora de vampiros que tenta capturar um vampiro e ele tira sarro dela, mas ela tem outros personagens na história e faz outras coisas — plágio. Não adianta modificar apenas um pouco da história e dizer que é criação sua. Teve vários trechos do meu livro O Caçado que a pessoa copiou, mas colocou algumas palavras diferentes. Não adianta. Continua sendo crime.

Meu livro O Legado do Dragão sofreu muito com isso (coitado). A menina manteve a história, mudando apenas a disposição em que os fatos ocorreram e deu poderes aos personagens — plágio. Tudo o que você utiliza, até mesmo características dos personagens, mas modifica dizendo que vai criar outro final é cópia.

Mas do que se trata os direitos autorais? Como funcionam?

É possível usar uma obra protegida por direitos autorais sem violá-los?

Segundo o próprio Google, sim, mas preste atenção! Não adianta usar as seguintes desculpas[11]:

- Se deu crédito ao proprietário dos direitos autorais.
- Não gerou receita com o conteúdo.
- Pagou por uma cópia do conteúdo.

[11] Fonte: https://support.google.com/legal/answer/3463239?hl=pt-BR

- Achou um conteúdo semelhante em outro lugar na Internet.
- Mesmo que tenha comprado de forma impressa ou digital.
- Gravou o conteúdo por si mesmo da TV, do cinema ou do rádio.
- Copiou por si mesmo de um livro didático, um cartaz de um filme ou uma fotografia.
- Tenha escrito "nenhuma violação de direitos autorais pretendida".

Nada disso o protege da violação de direitos autorais. E não é qualquer obra que pode ser considerada autoral porque alguém está presente. Se, por exemplo, um vídeo tem a participação de alguém, isso não quer dizer que os direitos autorais da obra são dele. Por exemplo, se sua amiga tirar uma foto de alguém, ela será a proprietária dos direitos autorais da imagem que ela tirou.

Os direitos autorais englobam: os direitos morais que um autor tem sobre sua obra (como, por exemplo, ter a sua autoria divulgada) e os direitos patrimoniais (ganhos financeiros da obra).

Segundo o âmbito jurídico, a proteção do direito autoral no Brasil é proporcionada pela Constituição Federal em seu artigo 5º., parágrafos 27 e 28, bem como pelo Código Civil Brasileiro e pela Lei 9.610/98. O direito autoral também é regido por diversos acordos e convenções onde participam muitos Estados signatários. Segundo as normas e recomendações internacionais aceitas pela maioria dos Países, a obra autoral inicia-se a partir de sua criação e perdura por 70 anos a contar de 1ºde janeiro do ano seguinte ao do falecimento do Autor, quando entra, então, em domínio público. Quando isso acontece, que foi o caso das obras de Monteiro Lobato, por exemplo, qualquer pessoa pode criar em cima dela. Alguns outros países é só de 50 anos ou até 25 anos! E alguns países, como os Estados Unidos, contam a partir da data que a obra foi publicada pela primeira vez, sendo que estão livres 95 anos após essa data. Mas isso não quer dizer que esta regra valha para outros países. Cada país segue sua regra, e o Brasil é signatário da Convenção de Berna, que estipula 70 anos, no presente momento.

MAS E O TAL CREATIVE COMMONS?

Ele é um projeto de licenciamento baseado na legislação sobre os direitos autorais. As licenças desse projeto permitem que criadores intelectuais possam gerenciar diretamente os seus direitos, autorizando alguns usos sobre sua criação e vedando outros para a coletividade. É voluntário: cabe a cada autor decidir por seu uso e qual licença adotar. Existem várias modalidades, desde mais restritas até mais amplas. A licença mais usada não permite o uso comercial da obra. A obra pode circular legalmente, mas quando utilizada com fins comerciais, os direitos autorais devem ser normalmente recolhidos. Essa licença possibilita a ampla divulgação da obra, mas mantém o controle sobre sua exploração comercial.

A lei diz que copiar um pequeno trecho de uma obra não constitui infração. Mas o que é um pequeno trecho? A lei não define. Segundo a ABDR, um pequeno trecho é um fragmento da obra que não contempla sua substância. "Pequeno trecho" não se refere à extensão da reprodução, mas sim ao conteúdo reproduzido. Não tem fundamento estabelecer uma porcentagem, isso porque é possível que em 10 ou 15% de uma reprodução esteja parte substancial da obra protegida.

Se alguém simplesmente copia a ideia, modifica um pouco para parecer que foi ela quem criou, é plágio, simples assim.

A lei de direitos autorais não protege a ideia, mas apenas a maneira como ela foi expressa. Por isso que podemos ter vários livros escritos sobre empreendedorismo, vampiros, hot ou vários designers de moda que criam coleções que às vezes parecem semelhantes.

Infelizmente, muitos ainda se utilizam daquela frase: nada se faz, nada se cria, tudo se copia. Não, está errado. Nós reinventamos. É muito difícil criar algo totalmente inédito, visto que há milhares e milhares de coisas sendo compartilhadas; tem aqueles que até criam algo que outra pessoa já criou e não sabe.

Claro que não tem como ficar totalmente igual; o copiador pode mentir o quanto quiser. O chato é: quando copiam de alguém e é descoberto, o copiador fica incrivelmente mal falado, malvisto e é capaz de sumir das redes — como já vimos acontecer. Autores que eram até famosos, mas por uma descoberta de cópia — por achar que pelo livro plagiado ser estrangeiro ninguém saberia — somem das redes depois de serem cruelmente atacados.

A tempos atrás, tive contato com um autor que fez uma obra baseada em um desenho famoso. Isso é problema? Depende. Se os produtores deram o aval e a pessoa deixa claro que era inspirado na obra, tudo bem. Se não, é plágio e crime. O pior é que esse mesmo autor não só vendia como se fosse a continuação da história, também dava a entender que ele era o criador. Lembro quando uma pessoa falou: "Nossa, foi você quem roteirizou esse desenho? Uau, sou seu fã!" E ele agradeceu e deu um grande sorriso, sem nem avisar que o desenho era estrangeiro.

Fanfics são textos baseados em obras de outras pessoas — o nome já diz: "fã — fiction", ou seja, ficção de uma obra, já existente, por um fã. Já fizeram muitas fanfics da Caçadora e amei cada uma; o fato é que esses fãs não pretendiam publicar. Fizeram porque amaram meus livros e realmente queriam criar algo em cima deles. Sem problema. O ruim seria se mudassem o nome dos personagens e os publicassem como se fossem deles.

Muita gente sabe que o livro Cinquenta Tons de Cinza era uma fanfic de Crepúsculo. Ficou muito famosa na época, e a autora resolveu mudar o nome dos personagens e publicar como um livro.

Por que não é plágio? Anastasia Steele é a jovem Bella e Christian Grey é o vampiro Edward, numa versão adulta e humana. Há quem diga que eles na verdade são os pais de Edward, mas não faz diferença. Por quê? Porque não tem nada a ver com a história. Eles nem vampiros são, não é mesmo? Se der uma olhada na obra, verá que nem tem outros personagens e nem a atmosfera de Crepúsculo. É um caso claro de inspiração pura e simples.

Como fazer então para proteger sua obra? Hoje em dia é bem fácil, basta registrar seu livro na CBL — câmara brasileira do livro, pelo site mesmo. É muito importante que faça isso, mesmo que vá colocar um texto simples no blog ou mandar para uma editora. Isso quer dizer que a editora vai copiar sua obra? Não necessariamente, mas eles também querem se proteger. Há editoras que pedem para que o livro esteja registrado antes de ser enviado.

Para resumir: Se você ama seu autor, não o copie. Se admira uma obra, não a plagie. Crie sua própria; é possível se inspirar sem cometer crime.

Se tem uma autora que amo é Meg Cabot. Por vezes, sinto que tenho em meus livros alguns toques da escrita dela, bem sutis — talvez por ler muito de suas obras, mas jamais vai encontrar coisa alguma de seus livros em minhas histórias. Eu jamais a desrespeitaria a esse ponto.

19

Surfe na onda

Pode ficar tranquilo a esse respeito, porque surfar na onda não é plágio (bem, não intencionalmente). Lembra quando surgiu Crepúsculo? Ele disparou nas vendas e imediatamente o mercado ficou saturado de vampiros para todos os gostos: *Academia de Vampiros, Diários do Vampiro, Abraham Lincoln — o Caçador de Vampiros...*

E depois, com *Cinquenta tons de cinza*, ficamos abarrotados de hots. Sem contar, claro, a onda de anjos e zumbis. Enfim, o mercado sempre se abastece, se satura e depois volta à jornada.

Isso é ruim? Claro que não. O fato é que quando gostamos muito de algo, nossa tendência é procurarmos um produto semelhante que desperte em nós o mesmo prazer. Quem nunca sofreu com a chamada "ressaca literária" depois de ler um ótimo livro?

As editoras se aproveitam disso, lógico, assim como nós. Quando surgiu o livro "O Milagre da Manhã", logo depois surgiu "O milagre da manhã diário", "A equação do Milagre", "O milagre da manhã no seu relacionamento", etc.

Embarcar na onda é algo que devemos fazer até em nossa divulgação. Veja os top trend to Twitter. É possível você aproveitar uma hashtag que tenha a ver com seu livro (por exemplo, uma vez aproveitei uma hashtag que dizia: "#onatalénosso ou coisa do gênero). Coloquei um dos meus contos de natal com ela. Meu site teve muitas visitas.

As editoras estão sempre antenadas e procurando se manter na crista da onda.

Uma vez recebi uma mensagem de uma grande editora. Foi ao mesmo tempo um momento de muita alegria e de muita frustração na minha vida. Pediram o livro da Steph, a superhiperativa, para que fosse lançado para escolas de todo o país. Pensa em uma autora realizada...

Entraram em contato comigo para mudar alguns trechos da obra para que fossem adaptadas para a idade escolar. Foi com custo que tive que cortar cenas — e com alegria que precisei acrescentar (gosto de inventar, como todo escritor) — e trabalhamos no livro por cerca de dois anos. Tirava, acrescentava, enviava de novo...

Bem, passado esse prazo, recebi da editora a seguinte mensagem: "agradecemos todo o seu esforço para adaptar sua obra para nós. Infelizmente não iremos mais trabalhar com hiperatividade e nossa linha editorial mudou."

Antes eles estavam na onda da hiperatividade, depois embarcaram no bullying.

Chorei muito, não vou mentir. A revisora, que estava trabalhando comigo, também disse que estava muito frustrada. A mágoa me fez enfiar o livro na gaveta (ou dentro da pasta de computador) e não mexer mais nela.

Não faça isso. Eu fui inexperiente. Claro que é frustrante, ainda mais depois de tanto tempo. Vida que segue, foi a primeira de muitas frustrações, mas hoje estou realizada em minha carreira.

Isso quer dizer que você tem que embarcar na onda de tudo o que surgir por aí? De forma alguma. Nunca estimulei ninguém a escrever sobre algo que não gostava porque era uma oportunidade para ganhar dinheiro. Uma coisa é se desafiar, claro. Aliás, incentivo muito isso.

Tenho uma história que ao mesmo tempo que é hilária, também é meio patética. Quando escrevi meu livro "Quem precisa de heróis", tentei fazer algo sério. Por cerca de seis meses tive muita dificuldade para escrever. Não conciliava as ideias, dava aquele famoso "branco" na hora da escrita, não sentia que meus personagens estavam convincentes. O pior é que apresentaria esse livro na minha graduação. Pedi para uma amiga minha ler. Só tinha escrito 70 páginas até então.

Ela o levou para casa e, após uma semana, eu telefonei perguntando o que havia achado. Ela foi, como diria aquela famosa hashtag: #supersincera.

"Foi a pior coisa que já li em toda a minha vida. Faça um favor para a humanidade e jogue esse livro fora. Sério. Delete-o do seu computador e depois delete-o da lixeira."

Sim, foi doído. Fiquei muito chocada, mas gostei da sinceridade — um pouco. No entanto, eu ainda precisava escrever para a graduação. Respirei fundo e apaguei todo o livro. Sim, perdi tudo o que havia escrito até então, e resolvi usar do meu maior talento como palhaça de turma: minha veia cômica. Reescrevi as 70 páginas em apenas uma semana ou menos. Mandei o livro para ela por e-mail.

"Você está brincando se acha que vou me dar ao trabalho de ler essa porcaria."

Eu implorei, disse que significava muito para mim e pedia em nome da nossa amizade. A resposta dela foi mais que clara:

"Não sei se nossa amizade sobreviveria a isso."

Ela acabou topando, mas avisou que não dava uma data para terminar. Passaram-se 3 dias, e recebi um e-mail dela: "Tem mais?"

Eu disse que não, que só havia escrito até ali. Ela protestou, disse que o livro estava maravilhoso e precisava desesperadamente saber o que acontecera com Djin. Eu respondi, com a maior amizade guardada em meu coração:

"Agora compra, palhaça."

Claro que nossa amizade sobreviveu a isso — mesmo porque eu estava brincando. Foi dolorido ouvir aquilo? Sim. Contudo, me abriu os olhos.

Já tentei fazer livros sérios, mas sempre acabava em uma história cômica. É, não deu certo. Quando me voltei para a comédia, não só ela amou — eu também me senti satisfeita.

Certo, meu forte é a comédia. Mas isso não quer dizer que eu não possa ir por outras vertentes. Por exemplo, sempre escrevi fantasia. Então me aventurei a fazer um chick lit, o livro "Nem se Eu quisesse". Ele foi premiado duas vezes. Tentei fazer um terror, mas parei na metade. O livro estava ficando tão engraçado que parecia uma paródia de "GooseBumps". Devemos saber quando é hora de parar.

Quando se propor a um desafio, primeiro veja se vai gostar dele. Afinal, vai ter que se dedicar ao máximo — aliás, se não se dedicar, vai sair horrível, desculpe a sinceridade. Nada que fazemos de má vontade sai bom — na vida, inclusive. Então pense: gosta de comédia, mas só escreve drama? Que tal uma mistura de ambos, tal como no filme "Click", de *Adam Sandler*? Gosta de romance de época, no entanto só escreve terror? Que tal uma história estilo psicopata nos tempos antigos? Existem vários.

Eu mesma não escrevo hot ou terror e não quero me submeter a isso. Eles meio que desafiam minha própria natureza, então não é certo que me empenhe neles. Isso varia muito de pessoa para pessoa e você deve, sim, explorar seus próprios limites. Já pensou em fazer um infantil? Gosta daquele filme de romance? Que tal transformá-lo em uma comédia — sem plágio, claro?

O fato é que às vezes nos prendemos em vertentes que achamos que só aquela nos satisfaz. Já cansei de ouvir autores dizendo: "Só escrevo fantasia", "Só escrevo hot", "Só escrevo terror". Sabia que quando forçamos nosso cérebro a aprender algo, ele se expande?

Eu mantenho a seguinte premissa na minha vida: Se não aprendi nada novo nos últimos três dias, minha semana foi um fracasso (isso foi dito por alguém famoso, o qual não me recordo, mas ficou em minha mente).

Como já disse, sou professora de artes. Sempre recebo alunos que gostam de desenhar coisas determinadas: ou só homens, ou só mulheres, ou só animais, etc.

Sempre dou o aviso: se você acabou de desenhar um homem, desenhe uma mulher logo depois e vice-versa. Se desenhou seu personagem virado para o lado direito, faça outro voltado para o esquerdo. Não deixe seu cérebro se acostumar a uma coisa só, senão tudo o que fizer depois vai sair parecido. Deixe sua zona de conforto!

Teve uma época em que desenhei tantas mulheres que quando passei a ilustrar homens, eles pareciam muito femininos. O inverso também aconteceu — como eu só desenhava mulheres, resolvi desenhar o sexo oposto por uma semana. Adivinhe o que aconteceu? Elas ficaram todas meio másculas.

Sempre acrescente algo novo em seus livros ou seus leitores podem ficar saturados. Se sempre faz triângulos amorosos, que tal desta vez contar a história de uma jovem que quer vencer na carreira — e só, nada de romance. Desafiador, não é? Mas independente da opinião dos leitores no futuro, sua capacidade criativa se expandiu.

Não desista de algo só porque nunca tentou. Eu tenho o problema de TDAH e, desde pequena, eu me empolgava demais com as coisas. Então fiz aulas tais como: hipismo, natação, pintura, jazz, balé, teclado, flauta, street dance, step, fit dance, patinação artística, patinação roller, Tae-kwon-do, Kendo e tenho certeza de que esqueci algumas.

O meu problema era apenas continuar. Eu me empolgava muito no começo e depois de passadas algumas aulas, queria fazer outras coisas, para desgosto dos meus pais, que já tinham comprado o material todo.

Não seja como fui; hoje em dia tenho dificuldade demais para ficar focada em determinadas coisas — se começar um livro, preciso terminá-lo o mais rápido possível ou posso desanimar — , o que acontece frequentemente. Teve leitores meus esperando a continuação de uma trilogia por anos — não faço mais isso!

20

Dicas quentes de marketing

Lembro que quando era pequena, tinha uma amiga que detestava requeijão. Um dia, fui à casa dela. Estávamos lanchando, e ela comia o pão só com manteiga. Perguntei por que não gostava de requeijão e ela disse que nunca comeu.

Fiquei muito indignada. Como assim, nunca comeu? Fiz de tudo para enfiar a torrada abaixo da goela dela — poxa, eu tinha sete anos — , mas ela lutou com todas as forças. Ameacei até bater nela, sem sucesso. Então, disse aquela frase que toda criança já usou em algum momento da sua vida quando queria que os amigos fizessem sua vontade: "se não comer agora, nunca mais vou ser sua amiga!" E depois a subornei, dizendo que faria um desenho para ela.

Minha amiga comeu meio a contragosto, olhou nos meus olhos e sorriu de ponta a ponta: "Nossa, amei!" Sentei no meu lugar e voltei a comer meu lanche como se nada tivesse acontecido. O pai dela veio me perguntar como eu tinha conseguido. Eu só disse: "Ela tinha que comer. É bom."

Mantenha isso na cabeça quando começar a fazer sua estratégia de marketing. Não, não que requeijão é bom. *Seu livro* é bom. Você fez cursos, se dedicou, investiu nele. Acredite em seu potencial.

Quando eu achava que algo era maravilhoso, queria que todo mundo fizesse. Hoje em dia estou mais controlada — infelizmente. Se me empenhasse tanto para vender meus livros como fazia pessoas comerem requeijão, estaria rica (se bem que se forçasse as pessoas a comprarem meu livro querendo enfiá-lo pela goela delas, poderia estar presa, também).

Vou dar algumas dicas quentes de marketing para você aplicar e ajudar na venda dos seus livros — coisas que aprendi ao longo dos anos e acredito que vão ajudar bastante.

1 ESCREVA CONTOS DO SEU LIVRO

Se for um livro de contos, publique um ou outro nas redes para que as pessoas tenham contato com sua escrita. Se não, apenas crie alguns. Se elas gostarem, é bem provável que queiram adquirir seu livro. Esses contos podem ser quinzenais ou mensais — foi assim que consegui muitos leitores para a Caçadora. Se não tiver blog, é uma boa colocá-lo no Wattpad ou em outra plataforma para escritores — e não cobre pelo seu conto.

2 PUBLIQUE EM SUAS REDES AO MENOS UMA VEZ POR DIA

Quanto mais redes, melhor. Por que uma vez por dia? Porque o algoritmo delas presta atenção em quem é atuante e vai mostrar para cada vez mais pessoas e você terá um alcance maior.

3 NÃO POSTE SÓ SOBRE SEU LIVRO

Seja criativo. Se souber desenhar, faça desenhos dos personagens; faça microcontos para colocar no Instagram ou Twitter; conte curiosidades, compartilhe resenhas (sem exagerar), cite outros livros além do seu, fale sobre paisagens parecidas, sua mesa de trabalho, etc.

4 RESPONDA A TODOS

Claro, não precisa responder os *haters* (pessoas que só querem te fazer mal ou discutir). Seja gentil e atencioso com seus futuros leitores sem empurrar livros para cima deles. Uma vez, uma senhora entrou em contato comigo falando do livro dela. Eu agradeci. Depois continuou me mandando mensagens perguntando se eu iria comprar o livro ou não. Talvez eu até pensasse em comprar, mas meu "não" foi imediato. Ninguém gosta de ser pressionado. Se seu futuro leitor estiver se sentindo assim, pode chamá-lo de ex.

5 PROCURE CRIAR UMA LISTA DE E-MAILS

Mesmo que não tenha blog, é possível criar uma *landing page* — é uma página que é criada para receber visitantes, de modo que eles possam realizar uma determinada conversão. Pode ser de vendas ou de captura. Vou falar em um capítulo à parte.

6 FAÇA PERGUNTAS AOS SEUS LEITORES

A melhor maneira de saber mais sobre seu público alvo, não é só estudar sobre ele, e sim perguntar diretamente. Por isso, manter contato com seus leitores é essencial, não só para que comprem seus livros. Eles vão querer entrar em contato e te admirar por responder. Aproveite para mostrar seu interesse pelo que pensam e gostam; talvez não saiba, mas vão ficar muito felizes em ajudar. Faça questionários por e-mails, formulários, ou até *stories* no Instagram. Qual sua idade, gênero, que livros mais gostam, que tipo de literatura mais apreciam, o que gostam de fazer, etc. Depois de muitas respostas, é fácil montar uma persona.

7 FAÇA PESQUISAS

E com isso, quero especificar: sobre tudo. O que está em alta no momento? Que tipo de literatura está sendo mais visada? Se tem um blog, é interessante fazer postagens sobre sua opinião, o que descobriu a respeito, o que têm falado. A propósito, o que seus leitores acham sobre isso? Pergunte. O que gostariam que falasse a respeito? Se seu livro é de terror, que tipos de filmes chamam a atenção das pessoas ou quais são os livros de terror mais famosos de que se tem notícia? É interessante colocar essa atmosfera no livro.

8 MANTENHA SEU FEED INTERESSANTE

Vou tentar especificar um pouco. Vamos dizer que você ama tal autor. Só que toda vez que entra no Instagram ou Facebook são sempre as mesmas postagens: fotos do livro, fotos de resenha, comentários do livro. Você vai acabar meio entediado.

Outra coisa: curtidas e seguidores não é necessariamente o que chama a atenção de um editor. Hoje em dia nem dá mais para ver as curtidas no Instagram, certo? As editoras querem engajamento. Para isso acontecer, você deve incitar o leitor a comentar.

Seja original. Uma coisa que é bem interessante é procurar Instagram de pessoas famosas. Alguns são bem pobres no que se refere a conteúdo, mas esses têm mais um nome que já foi formado, não necessariamente por conteúdo. Perceba que essas pessoas que acabam cativando o público variam suas postagens, fazem perguntas, enquetes. Perguntam: "Qual o tipo de gênero você curte?" "Qual o livro que mudou sua vida?" "Isso já aconteceu com você?"

Colocar uma sequência de cores que lembram as do seu livro assim como a fonte é uma ótima maneira de deixar sua marca e as pessoas se lembrarem delas.

No livro *Armas da Persuasão*, o autor Robert Cialdini é bem claro a respeito: as pessoas precisam saber que ação tomar. Por exemplo, se incentivá-las a curtir, seguir, comentar, é muito provável que farão isso mesmo, às vezes por gostar de você ou por instinto. É por isso que quando assistimos determinados vídeos, você escuta muito: "Não esqueça de se inscrever no canal", "Se gostou, dá um like!", "Ative o sininho", "Compartilhe", etc.

Robert Cialdini nos fala sobre uma pesquisa feita em uma fila de xerox. Um estudante que participava do estudo pedia para passar na frente dos demais colegas. Quando dava uma justificativa simples, conseguia mais sucesso do que quando não fornecia nenhuma explicação.

No primeiro cenário, o estudante que queria furar a fila dizia: "Desculpa, tenho cinco páginas. Posso usar a máquina de xerox?", conseguindo êxito em 60% das vezes. No segundo cenário, o estudante passou a dar um motivo simples: "Tenho cinco páginas. Posso usar a máquina de xerox, porque estou com pressa?" Neste caso, 94% das pessoas permitiram que passasse na frente. No terceiro cenário, aconteceu algo ainda mais surpreendente. Quando ele disse "desculpe-me, tenho cinco páginas, posso usar a máquina de xerox porque tenho que fazer cópias?", conseguiu convencer 93% dos colegas, embora todos estivessem ali esperando para fazer o mesmo. Engraçado, não? É por isso que temos que dar comandos às pessoas no nosso *feed*. Curta, siga e compartilhe pode parecer batido, mas é ainda muito necessário.

9 NÃO ENTRE EM BRIGAS OU POLÊMICAS

Tem gente que incentiva isso; acha que vai ser popular só causar encrencas. Vou ser sincera com você. Sou uma pessoa calma, sou mesmo. Só que levo muito as coisas para meu lado pessoal. Por isso, se eu entrar em uma briga, não dou só uma boiada para não sair, também de quebra levo fãs de churrasco.

Há muito tempo, entrei em uma encrenca feia e não lembro bem o motivo; sei que era um site americano de ilustrações — discuti em inglês mesmo. Ao final de toda a discussão, eu havia ganhado muitos fãs, perdi alguns e muitas noites de sono. Depois parei para pensar comigo: esse tempo todo que passei discutindo, podia ter aprimorado minha arte, melhorado minhas relações, ido atrás de mais trabalhos. Perdi duas semanas e tive ataques de ansiedade que só Deus sabe como lidei. Tudo isso para quê?

Pois é, até hoje me pergunto. Vi muitos autores batendo boca no Facebook por conta de política, notícias e até sobre futebol. Uma blogueira que eu admirava — que tinha uma opinião contrária à minha — estava com uma índole tão agressiva a respeito de quem não concordava com ela que deixei de segui-la. Mas nem era porque ela tinha sua ideia e eu outra, mas sim porque enfrentava quem não concordava. Hoje, nem tenho mais o site dela em minha lista.

Uma coisa é ser verdadeiro. Por exemplo, uma vez um site estava roubando imagens minhas, tirando minha marca d'água e, quando reclamei, me perguntaram se eu havia lido o contrato do Google que dizia que eu não tinha mais direito sobre minhas imagens a partir do momento em que as colocava na rede. Sim, já até havia mencionado, não é? A discussão perdurou até aparecer uma advogada. A copiadora desapareceu.

O problema é que você fica com fama de ser uma pessoa que só quer brigar e causar. Muitos curtem isso, claro, mas quais os fãs que deseja manter? Os que te seguem só porque é polêmico ou aqueles que realmente curtem seus escritos? Sem contar que o tempo que desperdiça nas redes poderia ser melhor aproveitado para o seu próprio aperfeiçoamento.

A não ser, claro, que seu livro trate justamente de polêmicas. Nesse caso, faz sentido aplicar um pouco de tempo para isso.

10 NÃO FIQUE SÓ VENDENDO

Quem não conhece aquela famosa frase: "Eu podia estar matando, eu podia estar roubando, mas estou aqui só para te pedir uma ajuda." Há tempos as pessoas aprenderam que o fato da pessoa pedir, já recebe quase instantaneamente um "não". Aprendemos desde pequenos que só pedir as coisas para os pais não adianta; a melhor maneira é estabelecer uma concessão. Se me der isso, eu faço isso. Nenhum vendedor que se preze vai começar a frase com um "Compre..."

Quanto mais criativo for, mais as pessoas vão querer comprar de você. No livro Armas da Persuasão, que já mencionei, o autor comenta que nós costumamos nos sentir na obrigação de retribuir quando alguém nos dá algo. Se a pessoa riu, significa que ela se sentiu bem, por isso vai estar mais propenso a comprar de você.

Uma vez escutei em um ônibus: "Eu podia estar matando, eu podia estar roubando, eu podia estar COM A SUA MULHER, mas não, ao invés de te sacanear assim, só estou pedindo uma ajuda." Vi que arrancou alguns sorrisos no ônibus e percebi que essas mesmas pessoas que sorriram foram as que deram o dinheiro.

Encante seus leitores com suas postagens, dê alguns contos, diga fatos engraçados. Eles vão querer se envolver com você por conta da atmosfera alegre que espalha e também sentir que estão ganhando com isso. Vai ser mais fácil vender seus livros quando os oferecer. Já viu aquelas reportagens de vendedores que ficavam famosos na praia por conta da apresentação de seus produtos e sua maneira criativa de vender?

11 FALE SOBRE SI MESMO

Claro, não só sobre você. Nem seja convencido. O fato é que os leitores querem conhecer o "homem por trás da máscara". Quando postar nas redes sociais sobre seus livros, resenhas, curiosidades, mostre uma foto da sua família, ou do seu cachorro, mas por tudo o que é de mais sagrado, de bom gosto. Não vá postar algo indecente (bem, talvez se escrever hot), ou uma foto escura, uma da sua tia toda suada, você de regata e perna aberta no sofá. Não se esqueça jamais de sua imagem.

Comente sobre o que te inspirou a escrever determinado livro, porque resolveu ser escritor, ou qualquer coisa aleatória mesmo. Uma vez fiz uma postagem "Cuidado com o Uber" sobre duas vezes que mulheres entraram no carro do meu marido por confundirem-no com um. Falei para que lembrassem que o aplicativo mencionava o carro e o nome do motorista. Disse para terem cuidado porque se eu pegasse alguém no carro do meu marido ia sobrar para todo mundo.

Rendeu mais de 1000 curtidas e mais de 300 comentários porque as pessoas riram muito. Depois disso, minhas postagens sempre choviam de pessoas querendo participar e se divertirem uns com os outros.

Mantenha em mente: Quem não é visto, não é lembrado. Então, deixe que as pessoas te achem, comentem a seu respeito, brinquem com seus comentários e se mantenha na mente delas — não somente seus livros!

12 COMENTE SOBRE OS LIVROS QUE ESTÁ ESCREVENDO

Repetindo a frase anterior: quem não é visto, não é lembrado, deixe seus leitores saberem que está com um livro novo. Comece a colocar *quotes* dele e incite a imaginação delas. Não suma por muito tempo, trancafiado em algum quarto — ou num hotel, cercado de neve como no filme *O Iluminado*. Deixe que participem do seu processo de criação ou que o incentivem mesmo a escrever. Isso não é bom somente para elas, mas também para você, para que se sinta motivado a continuar. Assim, quando chegar na época do seu lançamento, já estarão ávidos pela novidade tão esperada.

13 FAÇA PEQUENAS POSTAGENS DE QUOTES DOS SEUS LIVROS OU FUTUROS LIVROS

Procure passagens que não sejam confusas, de preferência. Se as pessoas não conhecem seus personagens, não comece com: "Lucia não podia acreditar. Será mesmo que Ricardo fez aquilo?" Se não tem tantos leitores, as pessoas não vão se interessar em saber o que Ricardo fez ou deixou de fazer. Pense em alguma cena sem muitos detalhes, mas que chame a atenção. Por exemplo: "Ela não conseguia acreditar. Ele havia mesmo chamado a polícia?" Depois faça uma pequena sinopse na chamada. Tudo bem mudar um pouco as frases do livro, mas não exagere, ou as pessoas vão achar que estão sendo enganadas. O ideal mesmo é colocar uma frase intensa tirada de seu próprio livro, sem modificações e que não envolva muitos personagens. Cuidado para não dar spoilers. Imagina a graça que seria: "Então Lucia descobriu que seu noivo era o assassino". E a sinopse: "Lucia estava na cidade há pouco tempo, vivendo em um bairro perigoso. O pior é que havia um assassino à solta. Quem poderia ser?"

Irônico, não?

14 NÃO RECLAME DE EDITORAS, AUTORES OU LEITORES

Isso é questão não só de ética, mas profissionalismo. Veja que aqui no livro digo que tive problemas com autores e editoras, mas não cito nomes, porque não é bom expor quem quer que seja, mesmo que tenha uma rixa tremenda com essa pessoa. Primeiro, porque está dando popularidade para ele (há aqueles adeptos do "falem mal, mas falem de mim"); segundo, porque fica chato. Imagina que desagradável para leitores e editoras um autor falando mal dos outros profissionais. Você empregaria alguém que só falasse mal da antiga empresa X ou dos antigos empregadores? Não confiaria nele, não é?

Pior ainda: falar mal de leitores. Mesmo que não gostem do seu livro ou o critiquem na rede social, é a vida. Você pode até mencionar, mas sem reclamar e/ou citar nomes. Explique porque está chateado, mas, sinceramente, melhor não ter esse tipo de fama. Veja o melhor da vida ou suma das redes por um tempinho curto (afinal, tudo bem não se sentir 100%, certo?). Não fique de cabeça quente; primeiro relaxe e depois volte. Terceiro motivo: com certeza não quer ser conhecido como o autor "pé no saco" das redes.

15 EXPRESSE SUA OPINIÃO SEM OFENDER

Vamos dizer que chegou uma ocasião que pedem para que se expresse ou alguém te faz alguma pergunta; ou simplesmente você acha importante se manifestar. Lembre-se que bater a boca na Internet, além de não ser saudável, não melhora nada para ninguém (nem discutir em grupo de família).

Antes de postar algo, pense: o que isso vai acrescentar aos meus leitores? Eles vão gostar/se divertir/refletir? Se alguém perguntar sua opinião sobre determinada pessoa, procure se abster. Não é legal falar dos outros, mesmo que seja uma opinião sincera. Lembre-se de que quem fala mal de alguém, também acaba mal falado (chame isso de *carma*, não sei). O fato é que se de repente alguém descobre algo bom sobre aquela pessoa ou faz amizade com ela, pense na sua situação. Não vai demorar para alguém dizer: "Nossa, o autor (você) falou horrores a seu respeito." Além de antiético, não é nada profissional.

Se alguém perguntar sua opinião sobre um livro, seja sincero sem ser agressivo. "Não gostei porque... Gostei porque..." Mas entrar na página de um autor para criticar sua obra não é nem um pouco agradável. Vale aquela velha máxima: faça com os outros o que gostariam que fizessem com você. Quando não gosto de um livro, fico calada. A não ser que me perguntem, nesse caso explico as razões pelas quais gostei/não gostei.

Trabalhando na escola, aprendi a técnica sanduíche: fale algo bom/ algo ruim/ algo bom, no final uma frase de motivação. Não são muitos pais que gostam de ouvir o quanto o filho deles é impossível. "Mas aqui em casa ele não é assim..."

Infelizmente, as redes sociais criaram uma população de juízes. Basta alguém falar mal, ou um outro cometer um deslize, que centenas de pessoas invadem a rede social para detonar/falar mal/agredir o acusado. Não há tribunais para a pessoa se defender no mundo virtual. É uma pena que hoje as pessoas não tenham mais filtro; às vezes supõe-se que uma mensagem seja ofensiva para determinada categoria e chovem inúmeras ofensas, sendo que nem se sabe se é verdade ou não. Não existem mais dois lados. É mais o lado de quem se pronuncia primeiro.

Por isso, procure ficar longe de brigas e discussões; tente não julgar ninguém até que essa pessoa tenha apresentado uma defesa. Se não apresentou, apenas afaste-se. Lembre-se de que é um ícone para seus leitores. Eles se inspiram em você e podem ser levados a fazer o mesmo. E podem acabar errados também.

16 TENHA CONTATO COM OUTROS AUTORES

No começo da minha carreira, foi terrível para mim. Fui cair em uma armadilha sem tamanho. Mas não é assim sempre em qualquer etapa de nossa vida? Não é porque é o mundo dos escritores. Pode ser no de desenhistas, atores, empregadores, jornalistas ou sorveteiros. Infelizmente, vão ter pessoas esperando você passar na borda para te empurrar no precipício. No entanto, sempre haverá muitos outros procurando puxá-lo quando você cair.

Tive muito apoio de Margareth Brusarosco, uma coach de autores. Eu estava muito desanimada e sumida das redes, e ela me colocou para cima, não me deixando desistir e me fazendo acreditar que meus livros eram bons e que todos mereciam ler. Deu dicas de como me impulsionar, o que eu devia fazer e comemorava comigo cada conquista. Depois vieram muitos outros autores e vi que, além de não tentarem me impedir de crescer, também me faziam caminhar milhas à frente. Aprendi sobre KDP, Scribble, publicar meu livro em outras plataformas, participei de grupos de escrita, recebi recomendações de cursos e livros e me aperfeiçoei de tal maneira que teria sido impossível conseguir sozinha. Autor bom é autor que impulsiona; eles querem te ajudar. Não os veja como rivais e sim parte de uma mesma comunidade. Ajude da mesma forma; eu estou procurando fazer o mesmo com a publicação deste livro.

17 VÁ A FEIRAS DE LIVROS, BIENAIS E CLUBES DE LEITURA

Lembre-se: Quem não é visto, não é lembrado. Uma consequência de eu ter sumido das redes é que ninguém mais se lembrava de mim. Sumi por tanto tempo que minhas fãs debandaram para diversos caminhos. Voltei a juntá-las e expandir meu círculo a passos de formiga, com publicações, postagens e vídeos. Por isso, procure aparecer por dois motivos: as pessoas irão querer saber quem você é, afinal está sempre presente; outra: as editoras vão ver que escrita não é apenas um hobby seu. Você quer crescer, aparecer e editoras desejam isso. Por que elas ficariam com um autor recluso que não entende de marketing e trata os leitores mal? Hoje em dia os leitores querem estar em contato com seus autores favoritos. É por isso que filas de autógrafos duram várias horas.

18 ESCREVA MUITOS LIVROS

Considere o seguinte: vamos dizer que você criou um tipo especial de bolsa. As pessoas amaram sua ideia, compraram várias delas, mas em breve seu público se cansou. Afinal, eles querem novidade, certo? Você entraria em uma loja se ela só possuísse uma roupa no cabide? Obviamente quer opções e seus leitores também.

Sem contar que ter muitos livros expande suas opções de renda. Já que só recebe 10% de cada venda, pense só: se você vender 1000 livros, a preço de capa (30 reais, 3 reais) vai receber 3.000. Mas e se tiver 5 livros? Independentemente da quantidade que cada um vender, não é uma renda extra?

Quando seu leitor gosta da sua obra, ele ficará entusiasmado com um novo lançamento seu. Não fique com vergonha de chamá-lo nas redes, de falar sobre o livro, de "vender seu peixe". Os seus fãs também o ajudarão a fazer isso.

Existem sim cantores de uma música só. E rapidinho somem quando a moda acaba, não é mesmo?

19 ESTIMULE SEUS LEITORES A FAZEREM COMENTÁRIOS EM SEUS LIVROS E EXPLIQUE POR QUE É IMPORTANTE

Antes de mais nada, você precisa saber por que, não é? Segundo o livro *Ideias que Colam*, as pessoas tendem a imitar ou seguir aqueles que têm autoridade ou aquelas que conhecem muito bem. Um homem numa livraria pode falar bem de um livro durante horas, mas se seu amigo falar que é bom, você se sente mais impulsionado a comprar (já mencionei isso). Então, se várias pessoas comentam seu livro e alguns leitores se identificam com aquele nicho, é bem provável que se interessem. Sua autoridade a respeito daquela leitura vai crescendo e com o tempo, mais e mais pessoas vão se interessar.

Segundo, existe um algoritmo na Amazon que quanto mais um livro for comentado e/ou favoritado, ele sobe no ranking. Isso facilita para que seu livro esteja visível para mais e mais pessoas a cada dia que se posiciona. Então, diga aos seus leitores que se eles te amam (ou o que você escreve) **devem** fazer resenhas dele.

20 CRIE UM GRUPO DE LEITURA COLETIVA

Levei muito tempo para me acostumar com a ideia de fazer um grupo porque, na minha cabeça, quem estaria interessado em discutir um livro meu? Mas tive uma grata surpresa: minhas leitoras não só são super dedicadas como ainda discutem teorias uma atrás da outra e me enchem de alegria. Conseguem ir além do que pensei para a personalidade dos meus personagens e me enchem de inspiração também. Além do que, é um grupo que te impulsiona, mesmo que esteja se sentindo desanimado, porque estão ali, ávidos para consumir o que você escreve. Pode combinar com eles que, após a leitura, comentem na Amazon ou em qualquer outro lugar, ou façam uma resenha, etc. Estão ali para ajudá-lo e com certeza vão se empenhar para isso se fizer o mesmo por eles.

21 COLOQUE SEUS LIVROS DE GRAÇA DO KDP

Muitos acham que colocar o livro de graça vai fazer com que percam dinheiro. Muito pelo contrário. O KDP permite que as pessoas leiam seus livros de graça por até 5 dias — o tempo que você mesmo determinar. Isso vai fazer com que pessoas que jamais ouviram falar de você e dos seus escritos o conheçam (afinal, de graça até injeção na testa — já dizia minha avó). Sem contar que, a cada página lida, você ganha alguns centavos de comissão. Então não basta estar de graça — incentive todos a lerem. Sem contar que, se conquistar leitores com ele, com certeza vão querer ler outros que você tem por lá. Quando for lançar o livro 2, por exemplo, deixe o livro 1 alguns dias antes disponível. Afinal, quem ler o um, é muito provável que busque a continuação e seu lançamento será um sucesso.

22 PERGUNTE A OPINIÃO DE LEITORES

As opiniões dos leitores não só vão te ajudar a amadurecer na escrita como ainda vão te ajudar a conhecer sua persona. Se vários reclamarem das cenas hot no seu livro, está bem claro que seu público não consome esse tipo de assunto. Se disserem que não gostam de determinado capítulo, peça para que o ajudem a entender por quê. Se a cena estiver mal explicada, fora de contexto, ou algo assim, agrade-os e refaça, ou simplesmente tire. Quer agradar seus leitores? Se seu desejo é apenas agradar a si mesmo, não há mal algum nisso, mas se quer que cada vez mais pessoas consumam seus livros, pense em todas as etapas.

23 TENHA LEITORES BETA

Leitores beta são aqueles que leem seu livro antes da obra ser publicada; muitas vezes no momento da escrita. Às vezes a história está tão perfeita em nossa cabeça que não percebemos que não soubemos nos expressar em alguns momentos. Outras, ficamos estagnados em uma cena ou não sabemos como seguir a partir daí. Nessa hora, seus leitores beta te dizem o que esperam de algum personagem, ou o que não estão gostando, ou uma cena que não ficou clara. No meu livro "O Legado do Dragão", uma leitora beta minha grafou um parágrafo meu e escreveu simplesmente: "não entendi nada".

Achei estranho, porque para mim estava perfeitamente claro. Então fechei os olhos e imaginei que fosse uma leitora, não uma escritora. Estava lendo o livro pela primeira vez e tinha uma vaga ideia dos personagens.

Quando reli o parágrafo, percebi o quanto estava incrivelmente confuso e fiquei até envergonhada de não perceber isso. Provavelmente nem notaria até o dia da publicação.

Escolha bem seus leitores beta. Não decida com base no amor deles por seus livros porque é muito provável que gostem tanto que não sejam totalmente honestos com você. Ou então são tão admiradores dos seus escritos que não vão notar uma gafe sua.

Procure pessoas que — primeiro estejam interessadas, lógico — saibam escrever resenhas perfeitas e saibam se expressar corretamente. Não pode ser sua mãe, cunhado, pai, papagaio, porque vão querer te agradar (certo, dependendo da família, podem te colocar para baixo), mas sim pessoas que não tenham contato com você num nível familiar ou íntimo. Ou então que prefiram vê-lo crescer e não bater com a cara no chão. Meu marido e meu filho são extremamente sinceros (até um pouco demais), só que tenho que ter como base minha persona. Se eles não gostarem, mas minhas leitoras sim, elas quem devo seguir.

24 FAÇA BOOKTRAILERS DOS SEUS LIVROS

Sabe quando vai ao cinema ver um determinado filme e chove uma enxurrada de trailers logo no começo? Bem, não sei quanto a vocês, mas amo um trailer. Não suporto chegar atrasada no cinema e perder algum. Para mim são como uma vitrine do que devo esperar. Alguns trailers são tão bons que superam o próprio filme, não é mesmo? Mesmo que seja literatura, um trailer incita a imaginação do seu leitor. Cuidado para não entregar demais (confesso que fiz isso com determinados trailers meus), e cuidado também com direitos autorais. O Youtube não costuma se incomodar com trailers de divulgação em que você utiliza imagens de séries ou filmes, mas os produtores, sim. Fique atento.

25 NÃO FIQUE APENAS TIRANDO FOTOS DE VOCÊ OU SEUS LIVROS

Claro que deve posar com seus livros, colocar resenhas deles, etc. Mas não é só isso. Seus leitores querem conteúdo. O que vai entregar a eles? Entrei em um perfil uma vez que a autora fez tantas fotos com o livro dela em vários lugares e várias dela mesma que acabei deixando de segui-la e nem sabia o que escrevia. Fantasia? Romance? Drama? Cheguei a procurar a descrição dos livros, mas nem isso.

Escreva nas descrições de sua foto! Coloque pequenos pedaços de resenhas, frases, sinopse, *hashtags*, use e abuse desse espaço. Pode ser que muitos nem leiam, mas aqueles que estiverem interessados vão passar os olhos.

26 SE INTERESSE PELOS SEUS LEITORES

Se seu leitor mandou mensagem dizendo que ia ao seu lançamento, mas não foi, procure-o e diga que sentiu sua falta. Claro que fica impossível quando se tem vários na sua rede, mas se ele mencionar que esteve doente ou teve algum problema, pergunte como está, se precisa de ajuda, etc.

Mande parabéns no dia do seu aniversário, ou uma lembrancinha para aqueles que gostam de comentar em seu site, comente em alguma postagem que ele fez no Instagram e no Twitter. Não é falsidade, é? Você não gosta quando seus leitores te procuram? Não fica feliz quando fazem uma resenha positiva? As pessoas gostam de se sentir amadas também. Seja próximo dos seus leitores, não inatingível. Deixe isso para os romances impossíveis.

27 USE SUA CRIATIVIDADE

Nenhum autor deveria ter problema com isso, mas muitos limitam sua criatividade à escrita, apenas. Na verdade, criar um universo inteiro dentro de um livro é muito mais complicado do que criar para o seu marketing. Por que tantos reclamam que suas postagens não geram engajamento? Use sua imaginação. Faça perguntas, testes, piadas, minicontos divertidos, uma pose engraçada com seu livro, explore ferramentas das redes sociais. Seja criativo — as pessoas amam isso. Vão sempre se interessar em entrar nas suas redes para acompanhar o que está fazendo. Antes de postar qualquer coisa, pense em como aquilo vai gerar engajamento. É uma foto de um país? Pergunte se já estiveram lá, se já viram um lugar parecido, se já leram algum livro com essa descrição, desafie-os a descrever como uma cena. Os leitores também gostam de imaginar e se divertir. Ajude-os!

E-mail de leitores? Para quê?

21

Quem nunca recebeu aqueles famosos e-mails depois de terem se cadastrado em algum site? Aquele que quando você quer baixar determinado do conteúdo diz: "deixe seu e-mail aqui" e pimba! Logo, logo recebe vários outros que tem a ver com o tema. E ainda te chamam pelo nome, não é mesmo? Todos devem dar a opção de se descadastrar. Se não, pode apertar a opção "denunciar spam" sem dó. Você tem o direito de fazer isso; ninguém é obrigado a nada. Sem contar que a maioria de nós nem abre e-mail. Já joga no lixo direto.

Então qual a razão de se possuir uma base de e-mails? Bem, uma vez que um leitor adquire seu livro, ele some, não é? Ou vai mandar uma mensagem para ele todos os dias perguntando como ele está (parece ser incrivelmente assustador, aliás)? E quando tiver um novo lançamento? Como vai encontrá-lo, se é que ainda se interessa por você?

No meu site, tenho uma caixa de captura de e-mails. Claro que não posso simplesmente dizer: coloque seu e-mail aqui. Por que alguém faria isso? Qual a vantagem de ser perturbado? No entanto, se colocar "coloque seu e-mail aqui e receba em primeira mão notícias dos próximos lançamentos". Já pareceu um pouco interessante, mas se não for um fã seu mesmo, porque ele se interessaria pelos seus lançamentos?

Antes de mais nada, uma base de e-mails é a única fonte certa de contato com seu leitor, ainda que ele não abra sua mensagem. O Orkut acabou, quem te garante que o Facebook, Instagram e tantas outras redes sociais não sofram o mesmo? Como encontrará seus leitores depois? Sem contar que, para ter o contato do seu leitor, nem é preciso ter um site e sim uma *landing page* (uma página única para pessoas que queiram se cadastrar).

No entanto, depois que seu leitor fizer isso, não o deixe de molho até ter um novo lançamento e nem encha sua caixa de e-mails com assuntos desnecessários. É bem provável que ele passe a ignorá-lo ou sequer lembre-se de quem você é depois.

Procure mandar um e-mail a cada 15 dias, ou uma vez na semana no máximo, de preferência com algo interessante e que desperte seu interesse. Nada de e-mails de venda. Lembre-se que 80% do seu conteúdo deve ser isso mesmo: conteúdo. Vendas, 20%, e olhe lá. Na técnica da reciprocidade no livro *Armas da Persuasão*, o autor discorre sobre a nossa necessidade de nos sentirmos quites com o outro. Se entregamos muito, nossos leitores podem se sentir desejosos de retribuir nosso esforço, sem contar que você também vai construindo uma autoridade.

No meu site, em troca do e-mail, ofereço um conto que cobro na Amazon. Você pode colocar um conto exclusivo, um PowerPoint de novidades, o que quiser. Apenas tenha em mente que deve ser interessante o suficiente para que alguém coloque o e-mail lá. Não adianta colocar algo como: "coloque seu e-mail aqui e receba fotos do meu gatinho". Se for um *dog person* vai ficar até com raiva de você (brincadeirinha).

Mas como fazer para que a pessoa abra seu e-mail?

22

Copywright e Storytelling

Aqueles que não entendem inglês podem ter travado agora. Calma, calma. Provavelmente já deve ter ouvido falar disso em algum momento da sua vida e não é nenhum bicho de sete cabeças. Na verdade, é uma mão na roda para qualquer pessoa que queira convencer alguém a fazer algo.

Quem nunca tentou negociar com a mãe ou o pai a respeito de ficar na rua até mais tarde? Infelizmente, eles entendem dessa técnica de persuasão mais do que nós. Alguns anos depois percebe que, na verdade, eles nos levavam na conversa direitinho. Do tipo: "Posso comer esse doce antes do almoço? Se você deixar, prometo que almoço tudo." A resposta: "Tenho uma ideia melhor. Você almoça tudo, come todo o brócolis e deixo você comer ele todo."

Isso já ia acontecer, mas até parece que foi feita uma concessão, não é? Parabéns se já tinha percebido o truque. Já está preparado para ser pai ou mãe.

Vamos por partes (não vou inserir aquela piadinha do Freddy Krueger) e aprender direitinho o que significa copywriting.

COPYWRITING

Segundo o Wikipédia, "Copywriting é o ato ou ocupação de escrever texto para fins de publicidade ou outras formas de marketing. O produto, chamado cópia ou cópia de vendas, é um conteúdo escrito que visa aumentar o reconhecimento da marca e, finalmente, convencer uma pessoa ou grupo a tomar uma ação específica."

Usando de outras palavras, você precisa convencer alguém a topar sua ideia. Lembra da máquina de xerox? O leitor também precisa de uma explicação: por que seu livro é bom? Por que deveria comprá-lo?

Copywriting é uma estratégia de vendas, mas não enganação. Não minta na sua copy se não quiser ser rejeitado por seu leitor. Ninguém gosta de ser enganado. Por isso que se deve prestar bem atenção na sua sinopse e capa. Se parece um suspense, mas é um romance e vice-versa; se o cenário de floresta não combina com a história de ficção científica, seu leitor vai ficar frustrado e descontar no autor ou na obra. Pense com carinho em cada etapa.

Copywriting não é um assunto novo. Já existe, na verdade, desde 1828 e em 1870 foi definido como a tarefa de um profissional que escreve anúncios. Não é uma redação publicitária ou simples propaganda, mas uma forte chamada para a ação. Em resumo, atraia seus leitores com marketing de conteúdo: assuntos interessantes que os engajem, chame a atenção, acrescente valor. Depois disso, o copywriting é a melhor maneira de convencê-los de que seu trabalho merece ser adquirido.

Por isso, você deve:

- **Conhecer bem seu público.** Se não consegue se comunicar com seu persona, não é possível que consiga ter uma conexão com ele. Pesquise e analise seus leitores antes de criar uma copy, para que não acabe falando sozinho. Se escreve para crianças, lembre-se de que quem compra são os pais! Para sua copy, utilize de uma linguagem que os pais se interessem.

- **Cuidado com a linguagem.** Para isso, duas coisas são muito necessárias: a primeira — tenha uma boa gramática. Aliás, perfeita. Uma vez li uma chamada para um curso em que a pessoa dizia que era para desenhar "etinias". Claro que passei longe; se a pessoa não sabe nem escrever a palavra sobre o assunto que ela ensina, como espera me ensinar alguma coisa? Quando for escrever uma copy, a gramática deve estar perfeita, o vocabulário não repetitivo e rico, sem florear demais. Você é um autor. Com certeza pode escrever uma copy assim. Segundo, a linguagem que for usar para se comunicar com seu persona é de extrema importância. Imagina falar com um público hot como se fossem adolescentes ou falar de forma informal para lançar um livro técnico. O importante aqui é passar credibilidade.
- **Títulos chamativos** — é isso que alguns sites — não quero citar nomes — fazem para te chamar a clicar no anúncio (quem nunca?). Algo do tipo: "A mulher chegou em casa, encontrou o marido no sofá e com quem ele estava vai chocar você..." ou algo do tipo: "Conhece a menina do filme? Como ela está agora vai chocar você..." Percebe que tudo vai chocar você? Pois é. O problema é que, na maioria das vezes, o choque que vai ter ao entrar nesses sites é não encontrar

nada a respeito. Simplesmente o enganaram para que fosse seduzido para isso. O chato é que o público já fica com uma pulga atrás da orelha antes de clicar. Por isso, seja criativo na hora de escrever seus títulos. Mudei a estratégia do meu link de "Conheça Jessi e Zack, da Caçadora" para "Divirta-se com a caçadora de vampiros mais incompetente do mundo" e meus cliques aumentaram 200%. Preste atenção também na hora de mandar e-mails para a caixa dos seus leitores. Pode fazer uma grande diferença na abertura deles.

- **Mostre autoridade.** Já escreveu outros livros antes? Ganhou algum prêmio? Conhece bem aquele assunto porque se formou/estudou/se especializou? Alguém famoso leu seu livro? Blogs? Hora de mostrar porque a pessoa deve confiar em você. Para isso, seja confiante.
- **Utilize depoimentos.** Quantos leram seus livros? O que acharam? Fizeram resenhas? Copie e cole, peça para que escrevam sua opinião se disserem que leram; é extremamente necessário usar de todas as resenhas possíveis para convencer seu leitor de que outros como ele gostaram do livro. Claro, pode evitar as negativas demais. Afinal, deve convencê-lo, não o afugentar.
- **Use verbos de ação**, de preferência no imperativo. Estamos acostumados a obedecer nossos pais, chefes e pessoas com alguma autoridade. Verbos como: compre, conheça, clique aqui, saiba mais, assine já, leia um trecho são muito importantes.
- **Use e abuse do storytelling** — bom, disso falarei mais adiante.

- **Não exagere nos benefícios que a pessoa terá ao ler o livro.** Lembre-se daquela velha frase: quando a esmola é grande, o santo desconfia. É um livro, não uma indicação ao prêmio Nobel, não é? Bem, brincadeiras à parte, cuidado para a pessoa não o achar convencido demais.
- **Fale de suas experiências pessoais** — isso cria uma conexão com o leitor. Ele quer saber se seu autor é uma pessoa de carne e osso como ele ou um ET vindo de outro planeta para ensiná-lo uma lição sobre o sentido da vida. Mas cuidado com o *mimimi*. Preste atenção sobre o que seu livro fala. Se é sobre desenvolvimento pessoal, é ótimo criar uma conexão e explicar porque vai conseguir ajudar o leitor se já passou por isso. Se é um livro de fantasia, explique como o mundo foi criado ou algum fato engraçado durante sua escrita. Se é sobre bullying, cite coisas que aconteceram com você ou com alguém que conhece. Se é sobre algum assunto que domina, mostre porque resolveu falar daquele assunto. Não é para chorar suas mágoas, mas convencer seu futuro leitor de que você é gente como ele.

No livro *Armas da Persuasão*, existem gatilhos que fazem com que as pessoas se interessem mais:

- **reciprocidade** — como já falei, somos levados a retribuir quem nos dá algo, para não parecermos egoístas. Se oferece conteúdo ao seu leitor, ele certamente vai querer compensá-lo. Então ofereça dois capítulos, pelo menos, disponíveis no site, para que ele possa ler.

- **prova social** — lembre-se que nós costumamos seguir os outros que são parecidos conosco.
- **afeição** — por isso a importância de contar um pouco da sua história e criar uma conexão com esse leitor.
- **autoridade** — prove que tem autoridade nesse assunto ou mostre porque deveria ser considerado uma.
- **coerência** — não minta na sua copy. Se promete um livro, um conto, frete grátis, seja honesto.
- **escassez** — Use frases do tipo: somente para os 20 primeiros; só mais 30 livros e acabou, etc.

Também não se esqueça disso para seu texto:

- **escaneabilidade** — permita que sua copy seja de fácil leitura. Se estiver muito amontoado, dificilmente alguém se sentirá motivado a ler. Pule linhas e faça muitos parágrafos. Nós não costumamos ler copies com afinco; no máximo passamos os olhos rapidamente.
- **evite repetir palavras** — além de ser chato, não é convincente.
- **use a voz ativa** — fale diretamente com seu leitor. Use "você".

Perceba que não basta fazer uma página para seu livro com uma sinopse legal, uma capa matadora e um botão escrito "compre aqui". Para convencer seu futuro leitor que seu livro é um *best seller*, tem que ser persuasivo na sua venda. Sim, um bom autor deve ser um bom vendedor também.

Além do mais, a primeira pessoa a acreditar em seu livro deve ser você mesmo. Se não acredita no potencial dele, seu leitor não ficará convencido. Veja bem, você vai para uma prova sem se preparar. Na hora de fazer, ficará apavorado, certo?

Depois ficará dizendo que foi difícil, a matéria é complicada e inventará mil desculpas (coisas do tipo: Brasil não consome livros, fantasia não vende, o mercado está ruim). No entanto, se depois disso resolver se esforçar, estudar, trabalhar seu marketing pessoal, sua persona, seu perfil, estará muito mais seguro, não é mesmo? Confie em si mesmo antes de confiar em seu livro. O resto será consequência.

STORYTELLING

Aposto que olhou esse título e disse: ah, disso eu manjo! Sou autor, storytelling é comigo mesmo! Pode até ser, mas acho que não estamos falando da mesma coisa.

Veja bem. Sabia que mais da metade da população mundial, ou 4,1 bilhões de pessoas, usam a internet? A maioria é de homens e 52% das mulheres no mundo estão fora da rede; no caso de usuários masculinos essa taxa é de 42%, segundo estudo da União Internacional de Telecomunicações, UIT.[12]

Uma vez eu comprei um livro de Storytelling na bienal. A fila estava gigantesca e pensei comigo mesma se valia a pena comprar aquele livro tão caro e enfrentar a fila que devia estar demorando quase meia hora. Meu marido logo me perguntou se eu estava comprando aquele livro para me ensinar a contar histórias para os meus alunos. Eu disse que não, mas que estava na forma de contar essas mesmas histórias.

Acho que passei o tempo na fila folheando o livro e explicando a ele passo por passo. Deve ter se interessado, porque depois resolveu comprar um livro de autoajuda também. É, não sei qual foi a ligação.

---

[12] fonte: https://news.un.org/pt/story/2019/11/1693711

Quando voltei da viagem, levei o livro para meu trabalho na escola. Na sala dos professores, logo recebi o comentário de uma das minhas colegas: "Nossa, que professora dedicada! Comprou um livro que ensina a contar histórias para as crianças." Eu ri e pensei: será que, se eu explicar, ela também vai querer comprar um livro de autoajuda?

Agora tenho uma pergunta para você. Leu o texto direitinho? Ótimo. Vou fazer algumas perguntas.

Qual a taxa de mulheres que não tem acesso à internet? E quantas pessoas tem na população mundial?

Onde comprei o livro do Storytelling? Que livro meu marido quis comprar depois de eu descrever para ele o que era Storytelling?

Se lembrou da história com exatidão, isso significa que fiz um bom serviço. Se não, preciso trabalhar melhor nisso. Agora, lembrou da porcentagem do texto acima desse? Mais difícil, não é? Bem, eu não me lembraria. Aliás, nem lembro mais agora.

Pois é. Costumamos fixar melhor quando envolvemos histórias, além de criar uma expectativa.

Afinal, por que gostamos de ler? Por que gostamos de ser surpreendidos? Desde o tempo das cavernas, os nossos ancestrais escreviam nas paredes, certo? Perceba que tudo fica melhor quando criamos uma atmosfera. Nada como um conto de terror ao redor de uma fogueira, ou embaixo de um lençol com uma lanterna em nosso rosto.

Gostamos de ser imersos na imaginação. Por isso, além de contar histórias para seus leitores nos livros, deixe-os embarcar na sua vida, na sua página, no seu mundo. Todos gostamos de histórias, sem exceção.

Eu dou aula de catequese (pois é, ainda preciso arrumar mais coisas para fazer, não é?) e eu tinha comigo um jovem professor que gostava muito de matéria antiga. Ele passava mais de uma hora falando sem parar sobre a história da igreja. Interessante? Sim. Para jovens de 14 anos? Não. Aliás, pareciam tão entediados que achei que iam cair lá no chão mesmo a qualquer momento.

No final da aula, quando já estavam liberados para sair, eu dizia que ia contar uma história. Na mesma hora, paravam na porta. Rapidamente voltavam para as cadeiras ou esperavam de pé mesmo. Então eu contava histórias sobre uma freira que caiu no rio, o burro que se recusou a sair da igreja, a história de Santa Rita de Cássia ou sobre os anjos com quem padre Pio falava. Eles não iam embora até eu dizer que não ia mais falar nada.

Na semana seguinte, o professor disse para eles: "Lembram de onde paramos?"

Um olhou para o outro com dúvida. Ninguém sabia dizer. Ele ainda insistiu: "mas lembram-se pelo menos do primeiro Papa? E das Cruzadas?" Silêncio. Então, eu perguntei: Lembram-se da história de Santa Rita? No mesmo instante, todos acenaram com alegria e ainda comentaram que a mãe tinha uma imagem em casa ou que ficou sabendo de mais alguma coisa porque chegou em casa e procurou na Internet.

As histórias cativam e elas estão em toda a parte. Nos livros, nas páginas de venda, nas novelas, nas fofocas, no supermercado, nas propagandas, nas palavras de antigamente do seu avô. Entreter com histórias conquista mais do que fatos. Quer chamar a atenção de uma criança? Ao invés de dizer: "Não coloque a mão na tomada porque pode levar um choque", diga: "deixa eu contar a história de um menino que uma vez colocou a mão na tomada..."

Você pode se esquecer de quem contou uma piada ou quando foi, mas ela permanece com você. Não é raro alguém querer contar uma e de repente a outra dizer: "Ah, essa já ouvi!" Histórias nos marcam, nos fazem nos colocar no lugar do protagonista, nos identificar com esse ou aquele personagem e sentir raiva ou tristeza por determinada situação como se tivesse acontecido conosco ou com alguém próximo a nós.

Quem nunca chorou lendo um livro ou deu gargalhadas no metrô sem querer? *Story* é a história pronta, *telling* é a arte de contá-la.

Para um bom storytelling, você precisa ter em mente os seguintes elementos: mensagem, ambiente, personagem e conflito. Imagina contar uma história do começo ao fim de dois personagens que se amam e continuam assim até o final. O livro inteiro discorrendo sobre sua rotina: eles acordando, tomando café, indo ao mercado, almoçando, indo para o trabalho, chegando em casa, jantando, indo dormir. Provavelmente iria se tornar o livro mais chato de todos os tempos.

Sem conflito, não há história. Já viu a animação *Os Croods*? Tem uma parte em que o pai os reúne para contar uma história. Então ele começa: "era uma menina muito curiosa, um dia ela subiu na montanha e... morreu!" Era uma cena engraçada na animação por ser justamente isso. Não há conflito nem desenvolvimento. Apenas o começo e o fim.

Quando for então fazer sua técnica de copywriting, não esqueça de incluir uma pequena storytelling no meio, para que seus leitores se identifiquem com você.

Conte sua jornada do herói

Você já deve ter ouvido falar da Jornada do Herói, de *Joseph Campbell,* mesmo que não saiba nada sobre ela. É um ***must know*** da indústria de filmes e livros. Quer seja aceita ou não, não há como escrever um livro sem alguns desses elementos presentes. Não só livros, mas sua vida também. Vou discorrer sobre cada uma das etapas e tente se lembrar de quando surgiram na sua vida.

Não é costume as pessoas aplicarem essa técnica em sua jornada; normalmente, procuramos vê-la em livros e filmes, não é?

Agora você é protagonista da sua história. Faça essas perguntas para si mesmo. Não precisa escrever nada; apenas passe um tempo pensando sobre elas tranquilamente. Procure um lugar calmo e silencioso.

O MUNDO COMUM:

Onde você mora?

Sempre morou aí? Por quanto tempo?

Nesse seu mundo as pessoas costumam ler?

O lugar que você vive ou trabalha estimula seu interesse pela leitura?

O CHAMADO À AVENTURA:

Quando começou o seu gosto pela leitura?

Quando você decidiu que seria escritor? Por quê?

Consegue lembrar do primeiro livro que leu?

Qual livro te deixou com mais vontade de se aventurar pelo mundo da escrita?

Você aceitou o chamado para ser escritor logo que surgiu?

Teve resistência? Por quê?

O ENCONTRO COM O MENTOR:

Quem o incentivou a escrever?

Existe algum autor que o inspira?

Algum livro que leu, filme que assistiu ou aula o incentivaram a escrever? (mentor não é necessariamente uma pessoa);

Existem pessoas que te apoiam?

Se não, como costuma se motivar? O que você busca?

Que cursos fez/ livros que leu para ajudar a melhorar sua escrita?

A TRAVESSIA DO PRIMEIRO LIMIAR:

Já começou a escrever seu livro?

Se não, por que não? O que o impede? — volte ao chamado da aventura.

Já escreveu seu livro? Se já terminou, como se sente?

Coisas boas e ruins aconteceram enquanto escrevia? Consegue listar as que mais o marcaram?

Conheceu novas pessoas nesse meio?

PROVAS, ALIADOS E INIMIGOS:

Sua família o apoiou quando disse que seria escritor?

O que disse a eles?

Quantos sabem que você enveredou pelo caminho da escrita?

Teve pessoas que foram a favor da sua meta? Quem?

Quais os profissionais em quem você se inspirou e entrou em contato para aumentar/melhorar/ajudar seu potencial de escrita?

Alguém já o incentivou a desistir? (Perdoe).

APROXIMAÇÃO DA CAVERNA SECRETA:

Já terminou seu livro?

O que falta para terminá-lo?

Você tem medo de publicar? Por quê?

Já sabe como vai reagir a uma crítica negativa?

E os passos que vai tomar quando terminar de escrever?

O que espera que aconteça quando terminar?

A PROVAÇÃO

Já foi rejeitado por uma editora?

Já recebeu uma crítica negativa?

Como reagiu? Por quê?

Você tem expectativas muito altas ou muito baixas?

O que sente quando se frustra? Por quê?

Quando alguém critica seu livro, você deixa para lá?

Algum autor ou leitor fez mal a você?

A RECOMPENSA:

Conseguiu publicar?

Lançou e-book e/ou físico?

Recebeu comentários positivos?

Conquistou alguns fãs? Não importa quantos sejam. Podem ser dois ou um só.

Como se sentiu pegando seu livro nas mãos (ou vendo-o no site)?

O CAMINHO DE VOLTA

Foi a uma feira do livro ou bienal como autor?

Já expôs seu livro em algum lugar?

Já respondeu e-mails de fãs nas redes?

Já leu comentários a respeito do seu livro?

Já montou seu site de vendas?

A RESSURREIÇÃO

Já recebeu uma crítica tão dura que o fez querer desistir?

Foi perseguido nas redes?

Algum autor ou leitor arrasou com você?

Não teve incentivo algum?

O que você aprendeu até agora na sua jornada que pode ajudá-lo a superar isso?

Você se sente pronto para seguir em frente mesmo sabendo de todos os obstáculos que ainda virão?

O RETORNO COM O ELIXIR

O que você aprendeu no momento em que começou a escrever?

O que aprendeu quando terminou?

O que foi mais complicado?

Consegue resolver antes de recomeçar a jornada?

Qual será seu próximo livro? Pretende ser autor de um livro só?

As pessoas falam do seu livro?

Seus leitores querem mais livros?

Os seus livros ensinaram e passaram a mensagem para seus leitores?

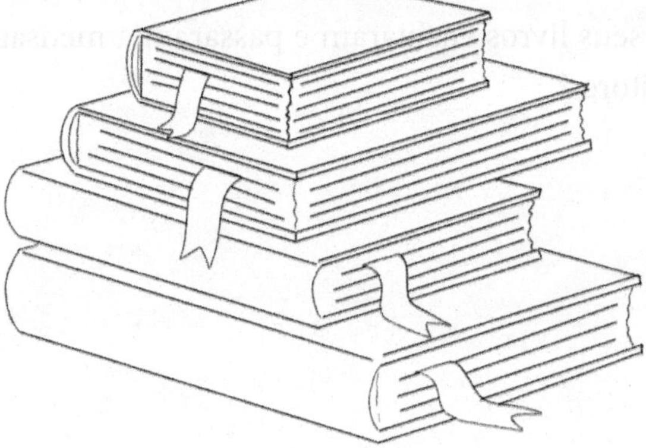

24

Dê asas à sua imaginação. Mas explique que tudo tem um limite, até mesmo ela.

Está chocado? Pois é, estou mesmo dizendo para você limitar sua criatividade. "Mas como? Isso não vai me prejudicar?"

Há muitos anos, na universidade de Artes Plásticas, um aluno resolveu "causar". Na hora da sua apresentação na sala, apareceu de cueca, com uma echarpe enrolada no pescoço e fumando. Foi péssimo. Primeiro, porque não suporto mesmo o cheiro; segundo, porque ele ia passando de carteira em carteira criticando um por um e olhando ao redor com uma expressão de desprezo. Assim que terminou a aula, todos lhe deram as costas e saíram.

Eu fiquei ainda para trás para recolher minhas coisas e vi quando ele chegou para o professor sorrindo: "Arrasei, não foi?" O professor o fitou balançando a cabeça. "Não. Foi desnecessário." O rapaz ficou revoltadíssimo: "Como assim? Eu sou um artista! Posso fazer o que eu quiser!" O professor foi claro: "Não. Tudo na vida tem limite, incluindo a arte. Reflita sobre o que você faz, porque tudo tem consequências."

Por isso, sim, lembre-se de sua aula de física. Para cada ação existe uma reação. Se quiser falar sobre bullying, racismo, aborto, política ou qualquer outro assunto que possa mexer com as pessoas, pense em cada palavra, na maneira de se expressar. Mesmo você concordando ou não, seja gentil, honesto e tolerante. Nem todos pensam do mesmo jeito e também são tão livres quanto você para pensar e se expressar de forma diferente.

Outra razão porque sua imaginação deve ter um limite: a coerência. Seu livro é de ficção? Legal, faça pesquisa. Você inventou um mundo novo? Ótimo, continue pesquisando.

PESQUISAS NECESSÁRIAS X DEUS EX MACHINA

E pesquisa não é só sobre mercado. Uma vez enviaram um livro que preferi não fazer resenha por conta de tantos erros que percebi, e não por conta de ortografia. Era sobre uma nave espacial que seria lançada ao espaço. Até aí, tudo bem.

Só até aí mesmo.

O problema é que a data de que o livro falava era só alguns anos adiante, tipo 2030. A nave seria lançada no dia 31 de fevereiro. Sim, 31 de fevereiro. Creio que nosso calendário não mudaria até essa data, pelo menos.

Depois, a nave possuía coisas que seriam impossíveis de acontecer. Por exemplo, eles não tinham comida de astronautas e sim refeições completas, últimas iguarias da França com direito a cozinha e fogão. Possuíam uma piscina olímpica. Em certo ponto do livro, quando dois personagens estão sozinhos nela, o teto se abre e eles ficam expostos vendo as estrelas. Bom, se isso não matou toda a tripulação por falta de oxigênio, acho que não faz mais sentido algum.

Não diga que a mocinha do romance histórico ligou a luz do banheiro antes de chorar na frente do espelho e tirar uma selfie. Pesquise: naquela época existia luz elétrica? Qual roupa usavam? Existia banheiro? Tem épocas que era apenas um buraco no chão. Entende o que quero dizer? Não vou mencionar a câmera, acho que nem é necessário.

Mesmo que seja um mundo completamente original, ele tem que fazer um pouco de sentido. Por exemplo, se eu disse que o dragão se assustou com o helicóptero, como ele surgiu? Tem as mesmas descrições de um helicóptero ou o mesmo nome? Como você vai explicar isso?

No livro *O Senhor dos Anéis*, Frodo não pegou um avião para jogar o anel na montanha. Se seu livro tem três sóis, acho pouco provável passarem por um inverno rigoroso. Dê asas à sua imaginação, mas lembre-a de que pode cair se não prestar atenção no que faz.

Pense com cuidado antes de cada cena. Por isso que indico aos meus alunos para prestarem atenção no roteiro. Às vezes, colocamos os personagens em situações que nem mesmo nós estávamos planejando (quem nunca? — novamente). Você simplesmente não sabe como o personagem vai sair dessa (ou se vai). Nesse momento, recorra ao roteiro e à ficha do personagem. Como ele reage nessa situação? Por exemplo, o chefe acabou de dizer que não ama a personagem principal. Você não planejava uma cena assim, mas ficou muito boa. E agora?

Leia a ficha. Ela é impulsiva? Medrosa? Escorpiana? Tudo isso deve ser levado em consideração. Se é do tipo que não leva desaforo para casa, faça com que ela lhe dê as costas ou um tapa no rosto. Se é do tipo medrosa ou tímida, dê as costas e corra. Use as características dele e permita que o próprio personagem se vire. Sabe aquela máxima: cuide do seu filho e deixe-o partir para o mundo? Pois é. Se criou bem a personalidade dele e seu caráter, já está com meio caminho andado.

Muito cuidado com o deus ex machina. Segundo o Wikipedia: "*Deus ex machina é uma expressão em língua latina com origem no grego ἀπὸ μηχανῆς θεός, que significa literalmente "Deus surgido da máquina", e é utilizada para indicar uma solução inesperada, improvável e mirabolante para terminar uma obra ficcional.*"

A utilização desse tipo de técnica não convence, na maioria das vezes. Vou dar um exemplo. Li um livro de romance certa vez em que a menina estava apaixonada por um fantasma (já o mencionei antes). Como se trata de um livro nacional, vou apenas para a parte final. Os dois estavam muito chateados porque não iam conseguir ficar juntos. Subitamente, alguém bate à porta, anuncia que é um viajante do tempo (não apareceu em nenhuma parte da história antes) e diz que pode ajudá-los. Ele faz alguma coisa mágica e o rapaz se torna humano novamente. Depois, ele se despede e vai embora. Não durou cinco parágrafos.

Isso irrita o leitor. Ele se sente enganado (pelo menos foi assim que me senti). Não que o fato de uma humana e um fantasma se apaixonarem seja plausível, mas você espera um pouco mais de fantasia na história.

É possível que o deus ex Machina funcione para outras histórias? Sim. Eu amo demais a coleção de livros "Como treinar seu dragão". Tenho um carinho enorme por livros infanto-juvenis (se você apenas assistiu ao filme, vai amar). Lá o deus ex Machina é como se fosse parte da história, porque as aventuras são tão absurdas que fazem parte da graça. Por exemplo, Soluço e Banguela estão no meio da lava, cercados por todos os lados, a pedra em que estão se apoiando está derretendo e então... um dragão enorme surge, saindo da caverna porque estava com dor de barriga (inventei essa parte, mas era para você ter uma ideia).

Mas por que dá certo? Porque é um teor cômico e voltado para o infantil. Então é plausível porque desperta a imaginação da criança.

Isso pode acontecer até nos filmes. Por exemplo, se um bandido está apontando uma arma para o mocinho e, prestes a disparar, cai uma telha exatamente em sua mão e o desarma, quem está assistindo fica um pouco frustrado. É aquele típico pensamento: "ora, assim até eu". Mas se, no entanto, uma parte do filme mostra que o filho do mocinho subiu no telhado, sem ninguém ver, para procurar o Papai Noel (de preferência na época do Natal) e, por acaso, escorregou e derrubou a telha — bom, isso é bem mais plausível. Afinal, qual a probabilidade de uma telha cair na pior das hipóteses?

Dê um cenário, algo que justifique as coisas acontecerem. O bandido escorregou porque estava chovendo, a polícia apareceu do nada porque a vizinha fofoqueira ligou, esse tipo de coisa. Não coloque algo para dar uma chance para o protagonista se não tiver uma justificativa plausível. Sempre pergunte: por que isso aconteceu? Afinal, seu leitor fará a mesma coisa.

É extremamente necessário você desenvolver o roteiro antes e anotar amarras que deixou soltas. O leitor vai se perguntar por que tal cena aconteceu e pode passar batido. Preste atenção nas escolhas de cada personagem: se seu protagonista é generoso, por que não ajudou o mendigo? Por que ele fugiu do dragão se sua maior qualidade é a coragem?

Claro, todos os personagens devem ter defeitos. Ninguém é completamente do bem ou do mal. Você e eu cometemos falhas; seus personagens têm que possuir a mesma desenvoltura ou não parecerão verossímeis. Isso é bom, porque mais para frente esse mesmo personagem poderá refletir sobre suas ações e se tornar uma pessoa melhor. Cuidado, claro, para não fazer um personagem que seja irritante demais para o leitor, ou ele poderá desistir do livro. Lembro-me de ter lido um bem famoso até, em que o primeiro parágrafo já começava com a personagem principal dizendo: "sou tudo o que qualquer mulher gostaria de ser e o que qualquer homem gostaria de ter".

Claro, criei ranço. Isso não é o tipo de coisa que passa pela nossa cabeça naturalmente. A maioria de nós tem vários tipos de pensamentos frustrantes, baixa autoestima, dúvidas, medos, então dificilmente você vai se identificar com a personagem. Pior ainda, mais para a frente, ela discursa o quanto sofre por ser bonita demais e as pessoas tratarem-na com descaso. Larguei o livro na hora.

Crie personagens cativantes, que despertam no leitor carinho e atenção. Vilões podem ter um lado humano e caridoso; mocinhos podem causar problemas e ter pensamentos vis. Isso vai facilitar ainda mais para sua história não precisar de um deus ex machina.

CUIDADO COM A MARY SUE (E MARTY STU)

No meu livro *Quem precisa de heróis*, a protagonista é estupidamente poderosa. É linda, inocente e todas a amam. Sim, foi proposital, uma brincadeira com o clichê de Mary Sue (são personagens frequentemente entendidas como o autor a autoinserir-se na obra e/ou a realização de seus desejos/idealizações no enredo. Em suma, o autor quer se sentir poderoso/querido/amado e coloca aí seu alter ego). Qual o problema disso? Os personagens desse tipo são conhecidos como personagens pouco desenvolvidos, perfeitos demais e com falta de realismo, deixando de ser interessantes.

Sephira é jovem, inocente, poderosa e todos querem estar com ela. A brincadeira no meu livro consiste em ela ser poderosa demais — pode destruir tudo com um espirro; inocente demais — causa inúmeros problemas porque não tem um pingo de bom senso; e é amada demais — todos querem raptá-la por seu poder ou carisma. Os próprios personagens do livro reclamam por ela ser meu alter ego, fazendo alusão a esse tipo de clichê. No caso, é proposital.

Procure em seu livro se não existe um personagem assim e trabalhe seus defeitos. Ele (a) não precisa conquistar tudo o que sempre sonhou. Nem todos os personagens precisam se apaixonar por ele (a). Tudo bem não estar bem de vez em quando. Ninguém vai ficar chateado com ele (a) por causa disso; na verdade, vão se identificar.

Se quer um personagem que pareça real, veja as pessoas à sua volta. Por mais que você goste de alguém, aquela pessoa tem defeitos. Você tem, sua mãe tem, o padre tem. É normal, afinal, somos todos humanos. Pense na sua persona. Quais os medos que ele/ela tem? De que coisas gosta? Do que tem medo? Transfira para o seu personagem e com certeza irão se identificar.

25

Livro no Brasil não vende. Quem te disse isso? Seu arqui-inimigo?

Sabe quando você corre para alcançar o ônibus, passa por todo mundo correndo e, quando está quase chegando, o ônibus parte deixando-o para trás com cara de trouxa? Então todos no ponto de ônibus o ficam observando esperando uma reação. Você dá de ombros e diz: "Nem era esse que eu ia pegar mesmo..."

Ou aquela da raposa e as uvas? Quem não conhece essa história? Bem, se não conhece, vou fazer o resumo do resumo: era uma raposa que queria pegar algumas uvas que estavam no alto, tentou muito e não conseguiu. Daí deu as costas, resmungando que não queria mesmo porque estavam verdes.

Por que introduzi esse capítulo dessa forma? Bem, porque muitas vezes quem tenta desanimar outra pessoa é um desiludido que não conseguiu alcançar o que essa outra está buscando. Tenta justificar o fracasso culpando tudo ao redor: o governo, o público, o mercado e até mesmo a desenvoltura do livro não ser de fácil compreensão para todas as pessoas. A não ser que seja um persona extremamente específico, não vejo qual a desculpa.

Não espere seu livro terminar para fazer sua estratégia de marketing crescer. Comece a ser ativo nas redes sociais, grupos, blogs e busque de todas as formas construir uma base sólida de seguidores e apoiadores.

Por que as pessoas gastam R$30,00 com uma pipoca no cinema e não em um livro? (Considerando inclusive que poderia trazer a pipoca de casa) Ou talvez R$70,00 em um batom? O fato é que essas empresas buscam sempre trabalhar o marketing nas mídias, propagandas, influencers, etc. E o livro?

Não é muito comum ver propaganda de livros na TV, certo? Ou talvez em *flyers*, rádios, etc. Por que isso? O mercado do livro tem que aprender a se promover da mesma forma que empresas de cosméticos, cinema, utensílios e tantas mais no mercado de consumo. Afinal, vendemos para as mesmas pessoas.

Se houvesse uma estratégia de marketing tão ferrenha quanto as lojas de departamento fazem, a venda de livros no Brasil iria disparar.

É um círculo vicioso. As pessoas não investem no marketing porque dizem que livro no Brasil não vende; e não vende porque não investem. Entende o problema? O fato é que quem ama escrever, diz que o importante é escrever o livro para si mesmo. Isso é bonito, também acho. Mas, infelizmente, também vai precisar de uma outra profissão, afinal, não dá para viver de voluntariado. E, se não investem em marketing, poucas pessoas vão saber que o livro existe.

Eu considero ator e autor muito parecidos. Não só por conta do nome, mas por causa da desenvoltura que tem que apresentar nos dias de hoje. Sabia que Machado de Assis escreveu mais de 600 artigos? Ele trabalhava muito no seu marketing já naquela época e nem havia redes sociais. O que existiam eram folhetins que, muitas vezes, eram entregues de porta em porta. Demorou tanto para se promover, que seus livros fizeram sucesso depois que morreu, mas até hoje os estudamos nas escolas. Se deseja deixar uma marca para a posteridade, faça como Machado de Assis. E não só ele, mas muitos outros escritores escreviam para jornais, faziam flyers e se autopromoviam.

Voltando à parte do autor ator, isso quer dizer que um autor tem que fingir representar? Não, claro que não, deve ser autêntico, assim como os melhores atores por aí. Eles encarnam um papel e nos fazem acreditar que são reais. Quantos relatos de atores por aí que já apanharam na rua por interpretarem seu papel tão bem que acabaram sendo confundidos com seus personagens?

O autor não precisa representar um papel, mas tem que ser ele mesmo, ser convincente, na tela, nas redes, onde for. Isso significa, sim, que deve aparecer, se divulgar. Lembre-se que um livro é um produto. Sim, é fruto de sua imaginação, mas ele existe. Se quer que leiam, as pessoas têm que saber que está à disposição. Editoras também querem lucro, desejam produtos que vendam. Elas não vão se interessar por autores que se escondem e não sabem vender seu peixe, não concorda?

Mesmo que argumente que é o livro que deve aparecer e não você, imagine o seguinte: você é um empresário musical e deseja promover uma banda. Infelizmente, eles são muito tímidos e quando você consegue marcar um show, eles ficam atrás do palco com as cortinas fechadas cantando para uma audiência que não pode vê-los. No caso, o argumento é válido: afinal, só a música importa, não é mesmo?

Hoje em dia o leitor quer conhecer o autor por trás dos livros, ter contato com ele. É como se fosse uma celebridade. Muitos se assustam com essa perspectiva, mas se quer realmente ser um autor de sucesso, saia de trás das cortinas, vença suas inseguranças e apareça. Faça terapia, se preciso.

Lembro que meu primeiro vídeo para Youtube foi uma vergonha. Não só editei um monte de vezes como ainda gaguejei, regravei e a iluminação saiu escura. Não tive coragem de olhar para ele; ouvir, então, nem pensar. Hoje os vídeos saem com muita facilidade porque tudo é questão de costume e prática. Já deleto o que não quero, ponho música, efeitos, o que for. O fato é que nas primeiras vezes que aparecer na rede social, é bem provável que se sinta muito inseguro.

Lembre-se que seu livro é uma nova voz para o mundo e você é o portador dela. Acredite no potencial da sua escrita e irão acreditar nele também. Não sei se é familiarizado com o filme "O Campo dos Sonhos", mas o anjo disse ao jogador: "Construa (o estádio) e eles virão". É isso. Construa seu marketing e seus leitores virão.

Uma vez, em uma bienal, eu estava esperando uma amiga em um estande de editora. Um senhor se aproximou de mim e começou a falar comigo em inglês. Como sou professora da língua, não tive dificuldade em conversar. Ele foi muito simpático e disse que nunca tinha ido a uma bienal tão grande e era uma pena que fosse ficar tão pouco tempo. Conversamos por vários minutos, no final ele se despediu e foi embora. Minha amiga chegou correndo nervosa: "Não acredito que perdi! Ao menos pegou o autógrafo dele?" Eu não entendi. Por que faria isso? Ela pareceu muito aborrecida: "Não sabe quem é ele, não é? É o William P. Young, autor de *A Cabana*."

Meu queixo caiu. Eu amava aquele livro e agora tinha perdido a chance. Acho que ela quis me bater.

Por que contei essa história? Ora, para você ver o quanto faz diferença o marketing. No dia seguinte, na hora marcada, o senhor estava lá no estande da editora, com uma fila gigantesca, repórteres, fotógrafos, cercado por todos os lados. Não podia acreditar que era a mesma pessoa. Agora nem se eu tentasse conseguiria chegar perto dele.

Se talvez estivesse acompanhado por um séquito de seguidores quando chegou no estande ou seguranças, eu poderia saber que era alguém importante. Devo admitir que não acompanhava muito as fotos dos autores antigamente, o que me fez perder uma chance — mas ora, bolas, falei com o homem, o que é melhor que qualquer autógrafo! -; hoje em dia estou bem mais antenada para deixar passar.

Seja o garoto/garota propaganda do seu livro. Quando fizer um blog, não o faça com o nome do seu produto (use uma *landing page* para isso) e sim com o seu. Senão, corre o risco de os leitores não ligarem seu nome ao livro e, quando lançar outro, o seu público se dividir.

26

O leitor é tão importante quanto seu livro

"Se você trata as pessoas bem, elas tratam você bem... noventa por cento das vezes." *Franklin Roosevelt*

De todos os milhares de livros que existem por aí, de tantos *best-sellers* que estão nas prateleiras, aquele leitor escolheu o seu livro. O seu para ler. Só por isso ele merecia ser colocado em um pedestal. Mas não sejamos dramáticos. Se souber valorizá-lo, além de um leitor fiel, ele também se tornará um grande amigo. Agora imagine ter tantos amigos espalhados por aí.

Eu era muito dedicada ao meu blog no passado. No entanto, depois de tantas frustrações, acabei sumindo por muito tempo. Meus fãs cresceram, casaram, tiveram filhos — não é brincadeira, fui pesquisar minha persona e vi que estavam todos lá. Apesar de ter sumido por tanto tempo, eles não me abandonaram — pelo menos a maioria. Entretanto, não estavam mais tão dedicados às redes sociais e não me respondiam mais no blog. Achei que houvesse sido abandonada por meus fãs — e com razão!

Lembra-se quando mencionei que um site havia pegado minhas imagens sem permissão? Quando a dona do site entrou para me atacar, eles ressurgiram. Defenderam-me com unhas e dentes, atacando a mulher sem dó nem piedade. Até advogada apareceu.

Segundo o livro "*Como fazer amigos e influenciar pessoas*", o autor Dale Carnegie explica que a palavra mais pronunciada no mundo é "EU". Todos nós temos a tendência de pensarmos em nós mesmos primeiro e isso é normal. Nossos sonhos, nossos projetos, nossas conquistas. Por isso, quando vendemos algo, como um livro, por exemplo, temos a tendência de explicar que o livro é bom porque "eu" ganhei prêmios, ou "eu" trabalhei muito com ele. Claro, isso é válido. No entanto, o leitor busca um livro para quê? Para superar uma dor? Um problema? Esquecer as dificuldades? Transportar-se para outro mundo?

O que sua persona quer? Quer se aventurar com o seu livro, aprender mais com ele? Descubra. Indo ao encontro dos desejos do seu leitor, também irá conseguir entrar no coração dele.

Andrew Carnegie, o rei do aço, não entendia nada do material com que trabalhava. Quando começou, era pobre, em uma fábrica de algodão. Depois passou a entregar mensagens importantes para figurões e tinha a incrível capacidade de decorar nomes e rostos. As pessoas valorizam muito seus nomes. Dá a elas a sensação de conforto e intimidade, além de uma sensação de importância. Com isso, todos passaram a confiar nele e aceitar suas recomendações e chamá-lo para eventos importantes.

Talvez essa seja sua razão para ser autor, quem sabe? Segundo Sigmund Freud, o homem é movido por necessidade sexual ou o desejo de ser grande. Todos queremos ser reconhecidos, nos sentirmos importantes. Não é terrível quando alguém anuncia seu nome em um lugar e ela erra seu nome no microfone? Carnegie reconhecia isso, e sempre tratava a todos pelo primeiro nome. Todos confiavam nele e assim ele cresceu e ficou milionário pela simples maneira de demonstrar apreço pelas pessoas. Hoje em dia, as empresas não buscam singularmente por alguém que tenha um currículo excepcional, mas sim quem sabe se expressar e tem carisma.

Ter carisma é uma das melhores qualidades que um autor pode desenvolver. Trate os outros como gostaria de ser tratado. Franklin Roosevelt chamava seus empregados pelo nome e comia com os funcionários. Demi Lovato encorajou os fãs a falar sobre suas lutas de saúde mental, oferecendo terapia gratuita em seus shows. Quando a cantora, que foi sempre aberta sobre suas lutas com álcool, drogas e depressão, teve uma overdose em 2018, seus fãs se aglomeraram nas redes sociais para compartilhar muitas histórias de como ela os ajudou diretamente ou por meio de sua música, usando #HowDemiHasHelpedMe. Perceba que eles não esqueceram o carinho que ela teve por eles.

Taylor Swift faz de tudo para ter um contato direto com os fãs, incluindo convidá-los para dançar e comer biscoitos caseiros e comparecer a chás de bebê. Também ofereceu muito apoio aos fãs que estão passando por momentos difíceis, incluindo a doação de US $ 50.000 para cobrir as despesas médicas de um fã de 11 anos que luta contra a leucemia.

A fã de Katy Perry, Grace Moore, ia ao show, no entanto, a menina de oito8 anos teve que fazer uma cirurgia no cérebro. Se recuperando em casa, ela pensou que tinha perdido a chance quando a própria Perry bateu na porta. A cantora, cuja equipe havia lido sobre Grace no Twitter, cantou três músicas e conversou com Grace por muito tempo. [13]

---

[13] Fonte: https://cafemom.com/entertainment/222692-celebrities-help-fans/

Veja quantas histórias incríveis de astros que nem precisam desses fãs para continuarem grandes, mas fazem questão de estarem presentes. Você pode dizer que são estratégias de marketing — quem sabe, até pode ser — , mas não nega o fato de que se esforçam para estar com eles. E essa é só uma das muitas histórias que existem.

Claro que os brasileiros não ficam atrás. Neymar inaugurou o "Instituto Projeto Neymar Jr." no litoral de São Paulo. Ele fala sempre sobre o complexo esportivo que oferece salas para alfabetização em inglês e espanhol, salas de leitura, cinema, informática e de cursos profissionalizantes, espaço médico e odontológico. Também não podemos esquecer a Xuxa, que mantém a "Fundação Xuxa Meneghel" há mais de 25 anos. Gisele Bundchen apoia diversos projetos sociais, principalmente os que têm foco em causas sociais e ambientais. Lançou um livro de memórias, considerado best-seller pelo New York Times, chamado *Aprendizados: Minha Caminhada para uma Vida com Mais Significado*, e todo lucro arrecadado com o livro foi destinado a ONG Brasil Foundation, com o intuito de apoiar as causas nas quais ela acredita.[14]

Quando fizer a lista para arrecadar e-mails em seu site, vá até as configurações e edite alguns, caso a pessoa não tenha colocado o nome correto ou então caso tenha colocado o nome por extenso. Quando enviar um e-mail, ao invés do nome completo ou o e-mail da pessoa, ele parecerá mais íntimo chamando-o pelo primeiro nome.

Se um leitor seu falar de seus problemas, não o ignore. Se disser que se apaixonou pelo seu livro, pergunte qual cena. Procure sempre maneiras de mostrar apreço por ele.

---

[14] https://caminhoslanguages.com/blog/pt/famous-brazilian-celebrities/

27

Book proposal! Boo... o quê?

Considere que vai apresentar um produto a uma empresa. Você desenvolveu algo que vai dar muito lucro a eles e a você. Precisa convencê-los de que apoiá-lo vai ser bom para ambos os lados. Um livro é um produto, e as editoras, antes de mais nada, são empresas. Então, para mostrar seu livro a elas, precisa, antes de mais nada, ter consciência do valor do seu projeto.

Um book proposal (proposta de livro) é o que você manda para a editora por e-mail ou correios (depende de como a editora aceita), junto com seu livro, com os motivos pelos quais sua obra deve ser considerada para publicação. Há diversos modelos por aí, que dão a entender que é uma fórmula já pronta, mas não é bem assim. Existem fatores que são indispensáveis, claro, como uma boa sinopse, um exemplo de capa (na verdade, se achar necessário) e a descrição dos personagens.

Mas pense: Vamos dizer que você vai apresentar um limpador de chão revolucionário, que é só passar que a superfície fica brilhando. Vai apenas descrever o produto, dizer a fórmula que ele contém, especificar as cores e é isso? Existem milhares de limpadores no mercado. Por que o seu é melhor que os outros?

Deve pensar no book proposal da mesma maneira. Seu livro é merecedor de ser publicado por quê? Por que a editora deve investir no seu e não nos "trocentos" outros que ela recebe com frequência? Seja convincente para que eles pensem: "hum, talvez seja bom dar uma olhada..."

Utilize as copys que aprendeu aqui no livro. Simplicidade, concretude, autoridade, coerência, prova social. Se conseguir pessoas importantes que falaram do seu livro, ainda melhor. Como Lilian Cardoso — coach de escritores — menciona sempre: "qual a "big idea" do seu livro? O que ele tem de especial, por que os leitores se interessariam por ele e que "dor" eles curariam?"

Por exemplo, vamos dizer que seu livro é uma fantasia que se passa em um mundo que você criou.

- Dê uma breve explicação de quem é você; o que conquistou (exerça sua autoridade aqui)
- O que seu livro ensina?
- Por que isso é importante?
- Quais lições seu leitor pode levar para a vida?
- Que tipos de livro que seguem essa linha tem no mercado?
- Qual a venda deles?
- O autor é popular? (melhor procurar exemplos de Best-Sellers)
- Os seus personagens são pessoas com as mesmas dúvidas e dificuldades do seu persona?

- Qual o diferencial de sua fantasia? Pense muito a respeito. Se acha que seu livro é igual a todos os outros que existem por aí, o editor pensará o mesmo. Seu livro é como um filho, e todas as mães (bem, a maioria delas) acham que seu filho é a melhor das crianças que já nasceram e cada uma tem uma explicação em que acredita firmemente.
- Dê a sinopse, fale brevemente dos seus personagens (o editor não quer saber exatamente quem são, mas se seus leitores irão se identificar com eles).
- Dê comentários de pessoas que leram/blogs que falaram a respeito. Se ainda não publicou, não tem importância. Pode colocar exemplos de resenhas que falaram a seu respeito e não do livro ou de livros que escreveu semelhantes a esse, por exemplo.
- Qual sua estratégia de marketing? Especialmente importante! Não vá esperar que o editor resolva isso por ele mesmo. Mostre que se importa com seu livro e vai fazer de tudo para vê-lo crescer. Ter uma estratégia de vendas bem montada — que você vai fazer, não o editor! — vai chamar a atenção. Fale sobre e-mail marketing, tipos de rede que vai utilizar, para onde vai enviar o livro, etc.

No fim das contas, coloque-se no lugar do editor. Ele quer faturar com a próxima obra-prima do mercado. Ele não quer um livro que poucas pessoas irão entender ou comprar. Ele é um empresário e busca faturar e jamais o julgue por isso, afinal, você também quer. Todos querem ser pagos por seu trabalho e seu esforço. Além do que, eles têm muitos funcionários para cuidar.

Não seja convencido ou incoerente e nem excessivamente humilde e sonhador. Seja prático. Afinal, está convencido do potencial que você e seu livro têm e deve usar de todas as *copys* possíveis para fazê-lo acreditar nisso.

28

Plano de carreira. Escritor precisa?

Em qualquer área da sua vida, se deseja crescer, isso é fundamental. Quem acha que ser escritor é só lançar um livro, sim, você está certo. Mas ser escritor de sucesso, bem, aí já são outros quinhentos. Afinal, existem muitos cantores por aí (eu mesma canto na minha igreja), mas sabe citar o nome de todos os cantores do Brasil? Se consegue, nossa, você devia escrever um livro! (perdoe a piadinha infame).

Vamos dizer que já superou seus medos e consegui te convencer a se promover da maneira certa. Ótimo, mas meu trabalho não terminou. Afinal, o que pretende depois disso? Sua intenção é lançar um livro só? Então, para ele continuar vendendo, vai ter que se atualizar cada vez mais com novidades em seu marketing. Se pretende escrever outros, no caso tem que se aperfeiçoar no seu marketing pessoal.

Sabe aquela velha pergunta de dúvida existencial? Como: "Onde você se vê daqui a 10 anos?" O fato é que a construção disso é o seu plano de carreira.

Qual seu maior sonho como escritor? Aliás, seu sonho é ser um escritor de sucesso ou escreve por hobby? Isso também é importante determinar.

Quando comecei a escrever, eu o fazia por hobby. Não acreditava no potencial de ser uma autora de sucesso; na verdade, nem imaginava que um dia alguém leria meus livros. Quando resolvi publicar meu primeiro livro no dia da minha graduação da faculdade, não esperava muita coisa. Com o tempo, fui vendendo um aqui e outro ali. Depois, montei um site, e sem muita pretensão, comecei a escrever contos e tirinhas. Elas começaram a ficar tão populares que me surpreendi; e apesar de continuar vendendo livros aqui e ali, acabei encontrando algumas editoras.

Vários anos se passaram e uma jovem que, no passado, tinha 12 anos quando começou a ler meus contos e histórias, acabou se tornando dona de uma editora quando cresceu e veio me procurar.

Essa história (real) não daria um bom livro? As coisas que você faz ou deixa de fazer atravessam o tempo. Deixe sua marca. Além de mudar a vida de diversas pessoas, ainda pode se perpetuar por gerações e voltar para você.

Então, já decidiu se quer ser um escritor de sucesso ou só por hobby?

Pense nessas perguntas:

- Onde se imagina daqui a 10 anos?
- O que gosta de fazer em seu tempo livre?
- Se não estivesse escrevendo, qual outra coisa gostaria de fazer?

- Por que você escreve mesmo?
- Qual seria seu maior desejo como escritor? Ser um best-seller, ter uma fila enorme para dar autógrafos, ser reconhecido, dar palestras, fazer entrevistas, ajudar com o dinheiro dos livros, coordenar uma ONG, ter seus livros nas escolas, ou possuir milhares de fãs e leitores fiéis?

Talvez, nessa última pergunta, você considere que todos os autores queiram todas essas coisas, mas, no fundo, cada um de nós deseja algo diferente. Se pudesse optar: preferia ser um best-seller ou ter uma fila enorme para dar autógrafos? Preferia ter seguidores e leitores fiéis ou fazer entrevistas? Não necessariamente precisa optar, mas é necessário fazer uma lista de prioridades.

Ponha em ordem de importância:

- Ser o autor mais vendido
- Ser o autor mais bem avaliado pela crítica
- Ser famoso
- Ter filas enormes para pedir meu autógrafo
- Ganhar prêmios literários
- Passar minha mensagem através dos livros
- Ganhar dinheiro com meus livros
- Mudar a cabeça das pessoas

O que te impede de conseguir? Ponha em ordem de maior dificuldade.

o recursos financeiros

o tempo

o não saber qual gênero literário seguir

o não conseguir definir meu persona

o crescer nas redes sociais

o não ter muito conhecimento de redes sociais ou tecnologias

o outro: ______________________________

Quais suas maiores qualidades? O que é determinante em você? Marque:

o generoso

o corajoso

o criativo

o determinado

o incentivador

o resiliente

o confiante

o imaginativo

o simpático

o comunicativo

o líder

o perseverante

o carismático

o outro(s):______________________________

Quais seus maiores defeitos?

- o medo
- o timidez extrema
- o insatisfação
- o perfeccionismo exagerado
- o desconfiança
- o falta de maturidade
- o desanimar fácil
- o não perseverar
- o não acreditar em meu talento
- o arrumar desculpa para as coisas
- o não saber se expressar
- o invocado
- o pessimista
- o não saber administrar bem o tempo
- o intolerância à frustração
- o outro(s): ________________________________

Quais seus talentos?

- o desenhar
- o escrever
- o se comunicar
- o saber administrar bem o tempo
- o poesia
- o saber divertir as pessoas
- o entender bem de redes sociais

- entender bem de SEO
- entender bem de tecnologia
- editar vídeos
- tirar boas fotografias
- escolher bons cenários
- entender de artes visuais
- saber se expressar
- outro(s): ______________________________

Com um conhecimento do que pode ou não fazer e de quem é, volte à sua lista e faça uma outra com três a cinco coisas que você pode mudar em sua vida.

Primeiro, trabalhe com suas qualidades: qual/quais você pode utilizar em seu favor? Escolha ao menos três que acha que pode ser bem empregado.

Em relação aos seus defeitos: qual você pode trabalhar para mudar? Minha sugestão é: escolha apenas um. Trabalhe nesse defeito — de preferência o que mais o atrapalha para se divulgar e prejudica sua imagem. Quando achar que já está bem transformado, parta para outro. NÃO tente mudar a si mesmo tão rápido ou irá se frustrar (e se esse for seu maior defeito, imagina o problema!)

Agora acrescente em sua lista três de seus maiores talentos que pode usar na hora de se divulgar. Permita-se trabalhar com eles juntos. Ex: se é bem comunicativo e sabe editar vídeos, faça alguns. Se sabe desenhar e é fantasioso, faça alguns personagens seus em cenas inusitadas; se sabe fazer poesias e é otimista, escreva algumas de motivação. Bem, isso são sugestões.

Combine seus talentos com suas qualidades e vença seus defeitos procurando desenvolver talentos. Por exemplo: se é tímido, faça um curso de edição de vídeos. A princípio, vai ser torturante, mas a prática vai ajudá-lo a se desenvolver. Não entende de tecnologia? Faça um curso de redes sociais e obrigue-se a postar pelo menos uma vez a cada dois ou três dias. Vai conseguir superar suas inseguranças com o tempo.

Na maioria das vezes, não precisa publicar suas tentativas, use-as como experiência. À medida que for se soltando, arrisque-se!

Agora que já escreveu sua lista e deu ordem de importância para elas, vamos começar a desenvolver seu plano de carreira.

Não coloque metas desafiadoras demais se não acredita nelas. Citando Henry Ford: "se acredita que consegue ou não consegue fazer algo, em ambas você está certo". Se colocar uma meta alta demais para realizar, pode desistir no meio do caminho.

O segredo é colocar metas razoáveis e, à medida que as coisas forem acontecendo e sua confiança for aumentando, volte à lista e a modifique.

Um milhão de livros vendidos pode ser inviável. Isso depende muito de você. Pensamento positivo funciona — no entanto, você deve ser o primeiro a acreditar.

Arrume um caderno que esteja com você ou imprima:

PLANO DE LONGO PRAZO

➲ **Daqui a 10 anos me vejo** ____________________________
____
____
____

➲ **Vou vender essa quantidade de livros até lá:** ________

➲ **Vou ser conhecido por:** ____________________________
____
____

➲ **Terei essa quantidade de seguidores na minha rede social favorita:** ________________________________

➲ **Vou ter conquistado:** ______________________________
____
____
____

➲ **Vou ter superado:** ________________________________
____
____

➲ **Defeitos que venci:** ______________________________
____
____

➔ **Talentos que adquiri:** ___

➔ **Cursos que fiz:** ___

➔ **Outro:** ___

➔ **Terei esses livros publicados:** ___

➔ **Mudei o meu por quê do que faço?** ___

PLANO DE MÉDIO PRAZO

➔ **Daqui a 5 anos me vejo:** ______________________________

____

____

____

➔ **Vou vender essa quantidade de livros até lá:** ______

➔ **Terei essa quantidade de seguidores na minha rede social favorita:** ______________________________

➔ **Vou ter superado esse defeito:** __________________

____

____

____

➔ **Vou ter adquirido essa habilidade:** ______________

____

____

____

➔ **Vou ter desenvolvido essa qualidade:** ___________

____

____

____

____

➲ **Vou ter conquistado ao menos um sonho que é:** ___

____

____

____

____

➲ **Terei mais um livro publicado?** ____________________

____

____

____

____

➲ **Outro:** ________________________________

____

____

____

____

____

PLANO DE CURTO PRAZO

- Daqui a um ano me vejo: ____________________
____
____
____

- Vou vender essa quantidade de livros até o fim do ano:
____

- Terei essa quantidade de seguidores: ____________________

- Vou fazer esse curso: ____________________
____
____
____

- Vou superar esse desafio: ____________________
____
____
____
____

- Vou enfrentar esse medo: ____________________
____
____
____
____

➲ **Vou superar esse defeito:** ______________________
____
____
____
____
____

➲ **Terei esse livro publicado:** ______________________
____
____

Você ainda pode quebrar esse plano de curto prazo em prazos menores, tais como seis meses, três meses ou um mês, mas não se sobrecarregue.

Agora vem a parte interessante. Você definiu suas metas, agora deve definir suas ações. Afinal, serão apenas sonhos se não saírem do papel.

O ideal é dividir essa etapa em vários pequenos pedaços.

Para daqui a um ano você conseguir mil seguidores: quantos seguidores por mês deve conseguir juntar? Considerando um ano, tenha em mente pelo menos 84 seguidores por mês.

Por exemplo: para conseguir esses seguidores você vai:

- produzir conteúdo ao menos duas vezes na semana para postar nas redes sociais.
- escrever um artigo para um blog ao menos uma vez por semana.
- se programar para tirar ao menos um dia da sua semana para produzir todo conteúdo necessário durante a semana.

Se notar que suas metas não estão sendo alcançadas, aumente suas ações. Com o tempo, vai perceber que não vai precisar se esforçar tanto para cumpri-las. Se suas metas forem muito altas, tais como 10.000 seguidores em um ano, prepare-se para cumprir muito mais ações. Por isso, pese o tempo e o gasto que você terá.

Se sua intenção é publicar um livro por uma editora tradicional em um ano:

- escrever ao menos 10 páginas por dia até completar x páginas.
- estudar como se faz uma book proposal até dia x/x.
- contratar um revisor até dia x/x.
- contratar um capista até dia x/x.
- contratar um diagramador até dia x/x.
- tirar fotos profissionais com fulano até dia x/x.
- aumentar a postagens das redes sociais para x vezes por semana.
- estudar as editoras que publicam meu gênero literário até dia x/x.
- ir nas livrarias e ver quais editoras estão lá até dia x/x.
- estudar marketing até dia x/x.
- enviar o book proposal até dia x/x para tais e tais editoras.
- fazer landing page do livro sozinho ou com um bom profissional.
- fazer um curso tal para aprender a fazer tal coisa sozinho até dia x/x.

Essas são ações para um ano. Agora divida essas ações por mês. O que fará em cada mês até completar? Lembre-se: metas maiores — prazos maiores; metas menores — prazos menores.

Percebeu que em todas elas estabeleci uma data? Pois bem, isso é crucial. Se não estabelecer uma data, a sua tendência é deixar para depois (a tendência de todos nós, não particularmente sua); por isso, não importa o que aconteça, comprometa-se consigo mesmo. Sugiro que assista a filmes motivacionais ou que o inspirem, até um divertido: "Sim, Senhor!" com *Jim Carrey.*

Eu uso um aplicativo para me lembrar de todas as tarefas do dia. Se eu cumprir todas, nele mato um monstro. Isso para mim é mais do que satisfatório. No seu caso, você pode permitir a si mesmo um presente. Vai ter direito a um filme da Netflix. Ou a três episódios de uma série. Ou uma panela de brigadeiro (se sua meta não for perder peso para tirar fotos, vá em frente).

Agora sente-se na sua cadeira e estabeleça as ações próprias para cada uma das suas metas. Estabeleça ao menos cinco ações para alcançá-las e o prazo que levará para fazer isso. Sugiro não colocar um tempo muito distante ou poderá desanimar.

Quando estabeleci minhas metas, em uma delas estava "tirar fotos profissionais". Contudo, antes dela estava "perder peso". Por isso estabeleci que perderia tantos quilos em até um mês. Caso não os perdesse ou perdesse menos, tiraria as fotos assim mesmo. Isso é comprometimento. Não deixe para depois, achando que tudo vai ser melhor quando passar o tempo. *Carpe Diem.*

Meu filho veio conversar comigo hoje mesmo, reclamando que se sentia um fracassado porque tinha medo de começar as coisas e falhar. Eu disse: "Mas você é mesmo. Quem nem começa a cumprir seus objetivos já é um fracassado, afinal vai estar no mesmo ponto se tiver falhado. No zero." Ele ainda insistiu: "mas uma vez estudei para a prova tal e falhei. Tenho medo que aconteça de novo." Eu continuei com minha sabedoria de mãe: "E vai falhar outra vez. E vai falhar muitas vezes. Mas vai acertar muitas outras. A vida é feita de várias experiências e só chega no final quem tem coragem de seguir. Tudo bem falhar. Vai aprender com a experiência e a vitória vai ter um gosto melhor."

Não pense que sou uma péssima mãe, entretanto, tem horas na vida que não adianta mais passar a mão na cabeça. Não vou dizer que vai dar tudo certo. Vou dizer que uma hora vai dar. "Bata na porta que ela será aberta".

"O fundo do poço é um ótimo lugar", já dizia o *Grilo Falante* do *Pinóquio*, "afinal, tudo o que você pode fazer agora é subir." Se chegou no fundo do poço, ótimo. Agora levante a cabeça e olhe lá para cima. Suba.

Em uma aula de catequese, dei uma outra lição aos meus alunos (literalmente mesmo — não me vinguei ou algo do tipo). Eu disse:

— Pense que seu maior sonho é ganhar um troféu. Então marcamos uma corrida com a outra sala. Vocês treinaram, se esforçaram e alguns dias antes eu avisei: "Gente, não precisa mais se esforçar. Conversei com os juízes e a corrida já está ganha. Não importa a colocação de vocês, já ganharam. E aí? Ficariam felizes?"

Todos negaram, sem exceção. Eu perguntei: "Por quê? Não era o que queriam? Ganhar um troféu?"

As respostas foram diversas: "Mas não ia ser justo" "Eu me esforcei para competir" "Não ia ter graça." "Não ia valer a pena."

Eu complementei: "Sim, porque a graça está na jornada que levou para conseguir o que queria. É saber que chegou lá, ou não chegou, mas foi tudo graças ao seu esforço. É por isso que não deve invejar o sucesso dos outros, porque ele está na corrida dele e você na sua, não competindo entre si. Uma hora vai chegar ao final da corrida e vai sentir orgulho de ter chegado lá por meios justos e feito sacrifícios necessários. Não importa se alcançou a meta do início. Você fez o seu melhor e, no final, é isso que conta."

Repito isso para você. Talvez seja um autor de sucesso, talvez ainda fique no caminho, mas não desista. O fato é que essa meta é sua, você decide se vale a pena lutar por ela ou seguir um caminho diverso. Pode ser que consiga tudo o que sonhou, pode ser que não, mas com certeza vai ter muitos outros sucessos. Sua meta pode mudar e, com isso, você também pode. Essa é a beleza de ser humano.

Até as baratas correm atrás do que é maior do que elas. Faça o mesmo.

Agradecimentos

Espero que realmente possa ter ajudado na sua jornada (e não tenha se entupido de café escutando parte da minha história). Claro, não contei tudo porque não ia caber em um livro só e nem acho que você gostaria muito de saber. De qualquer forma, um bom livro se faz com histórias e fiz isso para conseguir prendê-lo. Consegui? Ótimo.

Em primeiro lugar agradeço a Deus, porque sem Ele não sou nada. Cada conquista minha só tenho a oferecer e agradecer.

Quero muito agradecer meu marido Júlio Furlan, que me ajudou em cada etapa da minha caminhada na escrita (incluindo carregar dezenas de livros para bienal, enfrentar fila e se fantasiar) e com certeza não teria chegado tão longe sem ele. Ao meu filho, que ama ser super-sincero e sempre dizer, com certeza, sem sombra de dúvida, o que está definitivamente ruim. À minha família que me apoia, mesmo com receio da escrita no Brasil – que vem melhorando cada dia mais porque na verdade depende mais de nós.

Ao meu editor Tomaz Adour e à Natalia Vieira que acreditaram nesse projeto e apostaram nele – muito obrigada!

A você, que resolveu apostar suas fichas e confiar em mim para ajudá-lo na caminhada. Agora siga em frente e imite as baratas!

VERMELHO MARINHO